FP

WUNDERKIND ERJAN

Hamid Ismailov

Aus dem Russischen
von Andreas Tretner

FRIEDENAUER PRESSE

Von 1949 bis 1989 wurden auf dem Atomwaffentestgelände von Semipalatinsk insgesamt 468 Kernexplosionen ausgelöst, davon 125 atmosphärische und 343 unterirdische. In der Summe übertraf die Sprengkraft allein der überirdisch in besiedelter Landschaft gezündeten Kernwaffen die der 1945 auf Hiroshima abgeworfenen Bombe um das 2500fache.

Aus einer Anhörung
im Kasachischen Parlament
vom 24. Juni 2005

Die Geschichte nahm einen durchaus prosaischen Anfang. Ich fuhr mit dem Zug durch die endlosen Weiten der kasachischen Steppe. Schon die vierte Nacht klopften Streckenwärter an einsamen Haltestationen mit ihren Hämmern gegen die Räder und fluchten etwas Kasachisches vor sich hin, während ich insgeheim stolz darauf war, diese Sprache zu verstehen. Auch tagsüber schwirrten immer wieder kasachische Frauen- und Kinderstimmen durch die Gänge und Einstiegsbereiche: An jeder Station stiegen neue Händlerinnen zu, die Kamelwolle oder Dörrfisch oder auch Qurt – getrockneten Quark in Kugelform – feilboten.

Das ist übrigens schon eine Weile her, kann sein, dass es heute anders ist, aber ich denke, es ist immer noch so.

Ich stand also im Gang und schaute hinaus in die Steppe, seit vier Tagen der gleiche öde Anblick, da nahte vom anderen Ende des Wagens her ein zehn-, zwölfjähriger Junge mit einer Geige in der Hand – auf der er plötzlich zu spielen anfing, und das so forsch und versiert, dass augenblicklich alle Türen aufgingen und verschlafene Passagiere die Köpfe aus den Abteilen streckten. Und es war keine Zigeunermusik oder sonst etwas Hiesiges, was er zum Besten gab, nein, er spielte einen Ungarischen Tanz von Brahms, er spielte ihn im Gehen, während er langsam durch den Gang auf mich zukam. Dann aber, als der ganze Waggon ihn offenen Mundes anstarrte, brach er sein Spiel unversehens ab, schulterte die Geige wie eine Flinte und brüllte mit satter, ganz und gar unkindlicher Stimme: »Originalgetränk aus der Region – garantiert bio!« Dabei ließ er einen Baumwollbeutel von der anderen Schulter rutschen und zog eine große Plastikflasche Ayran oder Kumys aus ihm hervor. Im Augenblick, noch ohne mir im Klaren zu sein, wozu, eilte ich zu ihm hin.

»Was soll dein Kumys kosten, mein Junge?«

»Erstens ist der Kumys nicht von mir, sondern von der Stute, zweitens ist es kein Kumys, sondern Ayran, und drittens bin ich kein Junge!«, erwiderte der Junge in akzentfreiem Russisch und herausforderndem Tonfall, mit satter, männlicher Stimme.

»Na, ein Mädchen wirst du doch nicht sein?«, versuchte ich die Situation mit einem Scherz zu retten.

»Ich bin kein Weib, sondern ein Mann. Zieh den Arsch blank, wenn du's nicht glaubst!«, polterte der Knabe, dass der ganze Wagen es hörte.

Ich war unsicher, ob ich mich gegen seine Grobheiten verwahren oder ihn doch lieber besänftigen sollte, um dahinterzukommen, was ihn so fuchsig machte; immerhin war er in dieser Gegend zu Hause und durfte den Ton vorgeben. Ich lenkte also ein:

»Wenn ich dich gekränkt habe, entschuldige bitte! Brahms spielst du jedenfalls wie ein junger Gott …«

»Gekränkt, ach was. Mich kränkst du nicht so leicht. Lieber teile ich aus … Ich bin jedenfalls kein

Kind. Vergiss meine Größe, ich bin 27. Kapiert?« Das Letzte raunte er nun schon.

Nun war ich wirklich baff.

So also fing die Geschichte an. Dem Anschein nach ein ganz normaler Junge von zehn, zwölf Jahren, keinerlei Anomalien, die auf Kleinwüchsigkeit hindeuteten – keine auffällig verkürzten Extremitäten, kindlich faltenloses Gesicht, und dann dies:

»… ich bin 27. Kapiert?«

Natürlich glaubte ich ihm erst einmal nicht, was mir wohl anzusehen war.

»Hier, guck dir meinen Ausweis an.« Mit routinierter Bewegung zog er ihn aus der Innentasche.

Während er den verzückten Tanten (»Wo hast du denn so schön spielen gelernt?« – »Kannst du auch ›Schwarze Augen‹ spielen?« – »Und ›Katjuscha‹?«) seinen Ayran verkaufte, glotzte ich wie ein Idiot abwechselnd in das Büchlein und ihm ins Gesicht. Vollkommene Übereinstimmung: Vom Passfoto schaute mich das unschuldige Kindergesicht des Ausweisinhabers an.

»Wie heißen Sie?«, fragte ich konsterniert und hilflos, als die Verkaufsaktion für einen Moment ins Stocken kam.

»Erjan«, erwiderte er lässig und tippte mit dem Zeigefinger in den Ausweis.

»Ja, dann sollte ich vielleicht auch … eine Flasche von deinem … also vom Ayran …«, stammelte ich blöd, es sollte wie eine Entschuldigung klingen. Er steckte den Ausweis wieder ein und hielt mir eine Flasche hin.

»Da, nimm. Die letzte. Sagtest du Brahms?«

Ich ging in mein Abteil, um das Geld zu holen, und weil der Alte in der Koje gegenüber schlief wie ein Bär, bot ich Erjan an, bis zum Aussteigen bei mir Platz zu nehmen: Stehen mache bekanntlich nicht klüger ...

»Sondern?«, kam die Erwiderung, bissig wie zuvor; doch schien sie weniger an mich gerichtet als an den durch die Steppe jagenden Zug, an die auf Erden brutzelnde Steppe, an die zwischen Licht und Finsternis dümpelnde Erde, an die Finsternis ...

Erster Teil

Anmerkungen zu den mit * markierten Stellen sowie Erläuterungen zu Transkription und Aussprache und zu kasachischen Verwandtschaftsbezeichnungen im Anhang des Buches.

Geboren wurde Erjan auf der Bahnstation Qara-Shaǵan der Ostkasachstanischen Eisenbahn in der Familie seines Großvaters Daulet-Temirjol*, der hier Streckenwärter war – einer von denen, die nachts mit Hämmern Radscheiben und Bremsbacken zum Tönen bringen und am Tage hin und wieder einmal – auf den Anruf des Dispatchers hin – vor die Tür treten, um die Weiche umzustellen, wenn nämlich irgendein müde gelaufener Güterzug auf dem Nebengleis stehen und abwarten muss, dass ein Schnellzug ähnlich dem unseren oder ein Sonderzug die Station wie ein Wirbelwind passiert.

Wiewohl also Erjan behütet in der Familie seines Großvaters zur Welt gekommen war, stand in seiner Geburtsurkunde unter »Vater« ein fetter Strich; verzeichnet war nur die Mutter, Qanyshat, Tochter von Daulet-Temirjol, die gleichfalls im Hause lebte – einem von zwei Eisenbahnerhäusern an dieser Station; neben dem Großvater, Erjan und ihr lebten auch noch Großmutter Ulbarsın und ihr Jüngster, Kepek-Naǵashı hier. In dem anderen wohnte die Familie des zweiten Stellwärters, Nurpeyis, Gott hab ihn selig, der von einem außerplanmäßigen Zug überrollt worden war: seine Frau, Tante Sholpan-Sheshe, sowie deren Sohn Shaken und Schwiegertochter Bayshishek, die Städtische, und beider Tochter Aysulu, die ein Jahr jünger war als Erjan.

Damit war die Bevölkerung von Qara-Shaǵan auch schon komplett – abgesehen von einem halben Hundert Schafen, fünf Kühen, drei Eseln, zwei Kamelen und dem Hengst Aygır, sämtlich in Gemeinbesitz. Außerdem war da noch der Hund Qaptı, der sich aber meistenteils bei Aysulu aufhielt, weshalb Erjan ihn nicht mitrechnete, ebenso wenig die Schar staubiger Hühner samt ein paar lärmseligen Hähnen, deren Zahl sich so undurchschaubar schnell vermehrte, wie sie auch wieder abnahm, sodass keiner auf der Station genau wusste, wie viele es gerade waren.

Was die Undurchschaubarkeit der Vermehrung anging, so war auch nicht klar, durch wen und auf welche Weise Erjans Mutter Qanyshat mit ihm schwanger geworden war. Verflucht dafür von ihrem Vater, hatte sie in Gegenwart ihres »in Keuschheit empfangenen« Sohnes kein Wort je darüber verloren. Was Erjan von seiner Großmutter Ulbarsın wusste, war, dass Qanyshat einmal im Alter von sechzehn Jahren in die Steppe gerannt sei, ihrem Seidentuch hinterher, dass der Steppenwind davongetragen habe, wie um sie zu foppen, immer tiefer und tiefer in die Steppe hinein, der untergehenden Sonne entgegen. Und was sich dann zugetragen hatte, klang so märchenhaft, dass Erjan sich keinen Reim darauf machen konnte: Die untergehende Sonne sei plötzlich zurück in den Himmel geschnellt, ein Beben sei vom Horizont her durch die Erde gegangen, der brausende Wind mit einem Mal erstorben und im nächsten Moment in die Gegenrichtung zurückgebraust, ihm auf den Fersen ein schwarzer Taifun, der mit unerhörtem Getöse den Staub der Steppe himmelan getrieben – und als

Qanyshat, mehr tot als lebendig, bis aufs Blut zerkratzt und zerschunden, sich im Auge des Taifun, am Grunde einer Schlucht wiedergefunden habe, da sei ein Wesen über sie gestiegen wie von einem anderen Stern, in Helm und außerirdischem Anzug.

Kurzum, bei dieser Gelegenheit sei Qanyshat schwanger geworden, und drei Monate später, als die Schwangerschaft offenkundig war, hat Daulet-Aqa sie furchtbar verprügelt und verflucht, und wären nicht Kepek und Shaken gewesen, die den wutschäumenden Alten von der halbtoten Tochter gerissen und zu Sholpan-Sheshe hinübergezerrt, so hätten wohl weder Qanyshat noch ihr Sohn Erjan diesen Tag überlebt ...

Von Stund an aber hatte Qanyshat kein Wort mehr gesprochen.

Kein Wort also von der Mutter, doch die übrigen Frauen, und allen voran Ulbarsın und Sholpan, hielten ihre Zunge nicht im Zaum. Erjan entsann sich an grimmige Winternächte, als es durch alle Ritzen hereinpfiff und er zu Großmutter unter die kamelwollene Decke schlüpfte, damit sie ihm ihre nicht enden wollenden Geschichten erzählte, dabei kratzte sie ihm das von wimmelnden Würmern juckende Poloch.

»Bei Täñgir* im neunten Himmel wächst der heilige Baum Qayıñ, an dem das Qut hängt, als wären es Blätter.«

»Das Qut, was ist das?«, fragte Erjan immer noch fröstelnd; das Wort verwunderte ihn, weil es nach Köt – Arsch – klang.

»Das ist das Glück. Wenn man's warm hat und satt ist«, erwiderte die Großmutter, und weiter ging ihr unversiegliches Wispern: »Als deine Geburt bevorstand, ist das Qut vom Baum gefallen und durch den Rauchfang in unser Haus geplumpst, ganz wie es dem Täñgir und unserer Großen Mutter Umay gefiel. Das Qut fiel deiner Mutter in den Bauch und nahm in ihrem Schoß die Gestalt eines roten Wurms an …«

»Ist es der, den du mir grad aus dem Po kratzt?«

Die Großmutter prustete und klatschte ihm mit der runzligen Hand – derselben, die ihm eben noch das Löchlein geschabt – zärtlich auf die Wange.

»Schlaf, du kleiner Quatschkopf, sonst zürnt Mutter Umay und nimmt dir noch dein Qut weg!«

Andermal wieder, wenn er bei Tante Sholpan nächtigte – der niedlichen Aysulu wegen, der er schon ins Ohrläppchen gebissen hatte, um sie später einmal zu heiraten – war es an Sholpan-Sheshe, ihm von seiner Geburt zu erzählen, wobei sie das Märchen von Täñgirs Sohn Geser einzuflechten pflegte.

»Täñgir sandte Geser hinab auf die Erde, in ein Steppenreich, das keinen Herrscher hatte.«

»Etwa zu uns?«, fuhr Erjan auf, doch ein Blick der Tante, halb verschmitzt, halb strafend, ließ ihn verstummen.

»Damit ihn niemand erkannte, erschien Geser in Gestalt eines rotznäsigen kleinen Jungen, wie du einer bist«, fuhr Sholpan-Sheshe fort und nutzte die Gelegenheit, ihm in die Nase zu kneifen, worauf Erjan niesen musste, sodass, um die in ihrer Wiege schlummernde Aysulu nicht zu wecken, die Großmutter seine Nase schleunigst fahren ließ und die ihre zärtlich an seiner Stirn rieb, ehe sie die Geschichte wiederaufnahm:

»Einzig Qara-Shotoñ, der sein Onkel war, so wie Kepek-Nağashı deiner ist, hat erkannt, dass der Junge kein einfaches Kind, sondern göttlicher Abkunft war, und fing an, ihm nachzustellen; er wollte ihm den Garaus machen, bevor er groß und stark würde. Aber Täñgir hat Geser jedes Mal vor den Untaten des Qara-Shotoñ bewahrt. Als Geser zwölf wurde, sandte Täñgir ihm das beste Reitpferd auf Erden, und Geser gewann das große Wettreiten um die schöne Urmay-sulu und eroberte den Thron dieses Steppenreiches.«

»Kasachst…«, lag es Erjan auf der Zunge zu sagen, doch er sah die funkelnden Augen der Sheshe und hielt an sich.

»Doch nicht lange durfte der wackere Geser sein Glück und seine Ruhe genießen, denn vom Norden her drang der furchtbare menschenfressende Dämon Lubsan in sein Reich vor. Zwar geschah es, dass sich des Menschenfressers Weib Tümen Djirğalañ in Geser verliebte und ihm daher ein Geheimnis ihres Mannes preisgab, welches Geser benutzte, um Lubsan totzuschlagen, doch darauf verabreichte Tümen Djirǵalañ ihm einen Vergessenstrunk, um ihn an sich zu binden. Geser trank den Becher leer, vergaß seine geliebte Urmay-sulu und blieb bei Tümen Djirǵalañ wohnen.

Unterdessen brachen im Steppenreich Revolten aus, und Qara-Shotoñ nahm sich Urmay-sulu gewaltsam zur Frau. Täñgir aber ließ Geser nicht im Stich, er führte ihn ans Tote Meer und befreite ihn von dem Zauber, indem er ihm das Spiegelbild seines Zauberpferdes im Wasser zeigte. Auf diesem Pferd kehrte Geser in sein Steppenreich zurück, schlug Qara-Shotoñ und befreite seine Urmay-sulu …«

Spätestens an dieser Stelle war Erjan, dem an Sholpan-Sheshes Busen ausreichend warm geworden, selig entschlummert; das Ende des Märchens, das ihm sein künftiges Leben voraussagte, träumte er in einem flauschigen Kindertraum.

Die Wege durch die Steppe – und seien es Schienenwege – sind lang und eintönig; verkürzen lassen sie sich nur im Gespräch. Erjan erzählte mir aus seinem Leben. Sein Bericht war dem Schienenstrang ähnlich – ohne viel Biegungen und Schleifen, er floss dahin, so wie die Drähte draußen längs der Strecke, von Mast zu Mast schwingend, dahinflossen, und das Klopfen der Schienenstöße schien der Erzählung Takt um Takt, Takt um Takt den Rhythmus vorzugeben. Seine frühe Kindheit erinnerte er als ein fortwährendes Hin und Her zwischen beiden Häusern, von sich zu Aysulu hinüber – nicht nur der hübschen kleinen Prinzessin zuliebe, die der Sprache noch nicht mächtig war und der er das Ohr angeknabbert hatte zum Zeichen eines frühen Verlöbnisses – nein, vor allem des stahlblitzenden Krimskrams wegen, den Shaken-Köke reichlich vom Dienst mitbrachte, wenn er wieder einmal einen ganzen Monat weg gewesen. Er arbeitete irgendwo in der Steppe, davon wird noch die Rede sein. Wie auch von dem Fernseher, um dessentwillen es Erjan erst recht zu Shaken-Köke hinüberzog, als der dieses Wunder eines Tages aus der Stadt anschleppte; an ihm klebten sie fest und ließen sich verschlucken.

Vorher aber noch das:

»Was die Weiber so zusammenschwatzen!«, pflegte sein Großvater zu sagen, wenn er sich den Jungen an Frühlingstagen mit dem Hüfttuch auf den Rücken band und seinen flinken Apfelschimmel bestieg. Dann galoppierten sie durch die Steppe jenseits der Bahnlinie, deren Beaufsichtigung der Großvater an solchen Tagen seinem Sohn Kepek überließ. Schweigend ritten sie – nur so zum Spaß, wie es schien – durch das schwellende, von Tulpen gesprenkelte Grün, und der Wind, der ihnen noch kalt um die Seiten strich, brannte Erjan die schrundigen Wangen rot.

Einmal kamen sie an eine Schlucht, hinter der ein paar vereinzelte Hügel aufragten, und der Großvater sprach wie beiläufig:

»Hier haben wir dich aufgelesen, Ulım* …«

Und gleich jenseits dieser Schlucht – jetzt im Frühling mit einem rauschenden Flüsschen am Grund, über das eine hölzerne Hängebrücke, Shaytan Köpir*, führte – wuchs in ganzer Breite Stacheldraht aus dem Boden; der Großvater aber, sein hitziges Pferd zügelnd, sprach ein Wort, das Erjan nicht verstand: »Sona*!« – und wie er es sagte, mit einer abwinkenden Geste seiner Reitpeitsche, klang es in den Ohren des Jungen wie eine surrende Fliege oder eher eine Bremse, wie sie an trägen Tagen den Kühen um die Köpfe kreiste, nun trug sie auf einmal den klingenden Namen Sona.

Dies also der Moment, da jenes rätselhafte Flügeltier in Erjans Leben vordrang und über der kindlichen Einbildung zu surren anfing. Zumal als sich herausstellte, dass sein Onkel Shaken an diesem Ort Dienst tat.

Einstweilen aber breitete der Großvater in der Schlucht das Hüfttuch aus, mit dem er sich Erjan auf den Rücken gebunden hatte, nahm seine Dombıra von der Schulter und hob zu singen an, dass es nur so schallte:

Bir jasta, eki jasta besiktamın,
Bes jasta Täñgir bergen nesiptemin,
Altı jasta qayıñnıñ tozındaymın,
Jetti jasta oypon jer bozındaymın,

On jasımda süt ämgän qozıdaymın,
On beste jorǵa oynaǵan laqtaymın.

Bin ich ein Jahr oder zwei,
lieg ich in der Wiege.
Bin ich fünf, bin ich in dem,
was mir Gott beschieden.
Bin ich sechs, so kannst du mich
als Birkenpollen denken.
Bin ich sieben, bin wie Reihergras
ich in einer Senke.
Bin ich zehn, bin ich ein Lamm,
nuckle pausenlos.
Mit fünfzehn dann ein bockig Füllen –
geh pass und wär gern groß.

Ein altes Lied, das Großvater Daulet von wer weiß woher in die Seele gefallen war ... Woher hätte Erjan ahnen sollen, dass es von ihm handelte, sein künftiges Leben vorwegnahm?

Und auch wenn der Großvater die Weiber allesamt als Klatschbasen ansah – die Geschichte von Geser hakte sich in Erjans Gemüt nicht weniger fest als des Großvaters Dombıraspiel, und während Großmutter Ulbarsın ihm, bevor sie seine Haare mit Sauermilch wusch, den Kopf nach Läusen absuchte, die den Winter über ordentlich fett geworden waren, fragte Erjan sie aus: woran dieser Geser denn zu erkennen wäre? Und die Großmutter, um den hartnäckigen Fragen des Enkels zu entgehen oder wenigstens so lange Ruhe zu haben, wie sie brauchte, um der Läuse Herr zu werden und überdies noch der Nissen, die sich im üppigen Haarschopf des Kindes versteckten, entgegnete kurzerhand:

»Als Geser noch ein unansehnlicher Rotzjunge war, da hatte er keinen Shoshaq*.«

Und während die Großmutter die restlichen, in den Nähten seiner Unterhose versteckten Nissen ans Frühlingslicht zupfte, um sie zwischen ihren Fingernägeln zu knacken, rannte Erjan, der sich ihre Worte zu Herzen nahm, zu Aysulu ins Nachbarhaus, wo er gemeinsam mit der Zweijährigen seinen durchaus vorhandenen, wenn auch schrumpeligen Schniedel und zum Vergleich die beneidenswerte Fehlstelle bei der rotznäsigen Aysulu begutachtete.

Genauso eifrig behielt er seinen trägen Onkel Kepek-Nağashı im Blick, ob der ihm womöglich den Garaus machen wollte – doch stattdessen sielte sich Kepek die meiste Zeit des Tages auf der einzigen eisernen Bettstatt im Hause herum, da er nach Einbruch der Dunkelheit seinen alten Vater an der Weiche oder beim Kontrollgang mit dem ererbten Hammer längs der Nachtzüge vertreten musste.

Gelegentlich kehrte er gegen Morgen sturzbetrunken heim und begann fluchend das Haus auf den Kopf zu stellen, sodass Erjan, geweckt von der Großmutter Ach und Weh, an einen tückischen

Anschlag seines Qara-Shotoñ zu glauben geneigt war, doch der brüllte nur, er würde wegziehen für immer, und dass dieser Saustall ihm auf den Sack gehe, und dieses beschissene Leben wolle er f... – bis er am Ende auf den Schimmel des Vaters sprang und von dannen preschte in die endlose Steppe hinein, wo seine Stimme, sein Anblick, seine Wut im Morgengrauen versackten ...

Aber wie gesagt: Nicht nur Großmutters Geschichte hatte es dem Jungen angetan, sondern auch Großvaters Dombıra. Und das so eindringlich, dass er sie nun öfter einmal, ohne zu fragen, von dem hohen Nagel an der Wand nahm und, während der Großvater an den Zügen Räder klopfen war, darauf zu klimpern anfing, wobei er die gerunzelte Stirn und die brüchige Stimme des Großvaters imitierte. Nach kurzer Zeit ließen sich ein paar geläufige Melodien heraushören, und bald schon wusste Erjan mit derselben Aufmerksamkeit, die er dem Vorgehen seines Nağashı Kepek zuteilwerden ließ, das Spiel des Großvaters auf der unschuldigen Dombıra zu verfolgen. Kaum war dieser am nächsten Tag aus dem Haus und die Großmutter bei Sholpan-Sheshe schwätzen, vollzog Erjan die abgeschauten Fingerläufe am Hals der Dombıra eifrig nach. Schnell und unmerklich eignete er sich auf diese Weise beinahe das gesamte Repertoire Daulets an – und wurde bei diesem Tun weder vom Großvater noch von der

Großmutter ertappt, sondern am Ende wieder einmal von Nağashı-Kepek, als der nach dem nächsten Besäufnis ins falsche Zimmer getorkelt kam. »Ay, qara küsh! Ay, qara dybys!« Ei, welche Himmelsmacht! Welcher Himmelsklang! Jeden Finger küsste er dem Knaben ab, bedrängte ihn mit seinem Schnapsatem und schüttelte sein berauschtes Haupt. Und noch am selben Abend, kaum dass er wieder halbwegs nüchtern war, versammelte Kepek beide Familien vor dem Haus, ließ seinen dreijährigen Neffen vor die Tür treten und kündigte ein Konzert an. Es war das erste in Erjans Leben, und er gab es auf der Schwelle seines Hauses sitzend.

Und der Großvater, außerordentlich gerührt, ging sogleich daran, seine Dombıra von rechts auf links umzustimmen*, sodass der Junge leichter dazu singen konnte, außerdem gab er ihm allabendlich Extraunterricht, zu welchem er die alten, seit seiner Jugend nicht mehr erinnerten Melodien und Gesänge – Jır geheißen – aus dem Gedächtnis kramte. Was sich dergestalt bei Großvater im Laufe eines Lebens angesammelt hatte – Erjan beherrschte es nach drei Monaten. All die in Liedern bewahrte Weisheit des Kasachen sog der Junge in sich auf, wie der Boden im Frühling den Regen aufsaugt, Hornmelde, Calligonum und anderes Grün sowie roten Mohn und Tulpen daraus hervorgehen lässt.

Biik tauǵa jarasar,
Iǵınan tigen panası.
Tereñ sayǵa jarasar,
Tobılǵılı salası ...

Und es ziert den hohen Berg
der große Schatten, den er wirft.
Und es ziert den tiefen Fluss
ein Ufersaum aus Mädesüß.
Und es ziert den tapferen Mann,
nimmt den Speer er in die Hand.
Und es ziert den reichen Mann,
tut er Gutes für sein Volk.
Und es ziert den Aqsaqal,*
die Fürsorge, die um ihn ist.
Und es ziert die gestandene Frau
ein Lederschlauch voll mit Kumys.
Und es ziert die junge Frau
der Säugling klein an ihrer Brust.
Zählt ein Mädchen fünfzehn Jahr,
flicht aus Gerüchten über sie
man einen Zopf noch zu dem ihren.
Und daran trägt alleine Schuld
ein Schandmaul ihrer Sippe.

Nachdem also Shaken-Köke (dessen Lieblingssatz war: »Die Amerikaner holen wir nicht bloß ein, die überrunden wir!«) den Vierjährigen diese Lieder hatte singen hören, brachte er ihm diesmal kein blitzendes Stahlding und keinen Glaskolben von der Wachschicht mit, sondern etwas, das wie eine Dombıra aussah, nur tausendmal schöner, gediegener und glänzender, und von Shaken-Köke Geige genannt wurde.

Und statt dreier Saiten waren da vier. In den ersten Tagen versuchte Erjan darauf wie auf der Dombıra zu spielen, doch es klang irgendwie dumpf und gepresst. Bis Shaken-Köke auch noch einen Stab aus der Tasche zog, oder war es eine Gerte? – er sagte Bogen dazu – und Erjan in die Hand drückte, damit er nach Herzenslust auf einer richtigen Geige spielen konnte. »Gib her, ich zeig es dir«, sagte er und fing an, mit dem Stab auf den Saiten herumzureiben, aber es kam kein Ton. Der Großvater lachte auf. »Alles will geschmiert sein!«, sagte er schlau und ging in seinen Schubladen nach solcher Schmiere suchen, die dann nichts weiter war als ein Stück trockener Tischlerleim oder Wachs. Er nahm erst die Geige, dann den Bogen zur Hand, schmierte beide ausgiebig ein – und plötzlich, kaum dass er den Bogen an die Saiten legte, kreischten sie geradezu auf. »Gib sie mir! Gib sie her! Der Köke hat sie für mich mitgebracht!« Erjan riss dem Großvater die Geige aus den Fingern und fing an, den Saiten Töne zu entlocken, allen vieren. Die gellten den Hausbewohnern den ganzen Tag in den Ohren; eine richtige Musik wurde freilich nicht daraus. Gegen Abend dann tauchte wer weiß woher Kepek auf, ordentlich beschwipst, sah seinen Neffen mit der Geige und brach auf einmal in Tränen aus. »Ich kenne einen bulgarischen Geiger!«, schluchzte er. »Der ist zwar schwul, aber morgen reiten wir hin!«

Und so kam es, dass der Naǵashı anderntags Erjan zu sich in den Kamelsattel hob und losritt, schräg über die Bahnlinie in die Steppe hinein. Sie ritten eine ganze Weile, ehe sie auf eine Anhäufung von Wägelchen, Baggern und sonstiger Technik stießen. Was die Leute hier trieben, war nicht ganz klar, es gab keine Eisenbahn, nur alles mögliche Eisen. Sie stiegen ab, ohne zu säumen, banden das Kamel an einen einsamen Tamariskenstrauch und betraten eines der Wägelchen. In dem verräucherten Raum saßen ein paar Männer beisammen und spielten lärmend irgendein Spiel. Erjan fing in dem Rauch sogleich zu husten an, sodass Kepek, nachdem er einen der Männer – besagten Petko – angesprochen und nach draußen gebeten hatte, seinen Neffen eiligst wieder an die frische Luft führte.

Es dauerte seine Zeit, bis Petko herauskam. Ein kleiner Mann mit flinken Augen und etwas blökender Stimme. Kepek-Naǵashı sprach mit ihm in einer Sprache, die Erjan damals noch nicht verstand; mehrfach fiel ein Wort, so ähnlich wie talanı*, dabei zeigte Kepek auf ihn, seinen Jiyen. Daraufhin begann Petko unter Kepeks argwöhnischen Blicken Erjans Hände, dann Arme und Schultern zu befühlen – so wie Kasachen ein Fohlen oder Lamm vor dem Kauf abtasten. Dabei stellte er Erjan rätselhafte Fragen, deren Sinn der Junge zu ergründen oder immerhin zu erahnen suchte: »Kökte biy zaǵ ip«* – war das ein Lied? Aber sein Naǵashı sprang ihm bei: Er will wissen, wie du heißt. »Atım Erjan«*, antwortete der Junge. Kurzum, Petko führte Erjan in Kepeks Beisein zu sich in den hintersten Wagen, nahm die mitgebrachte Geige in die Hand, schnupperte daran, leckte gar an den Bogenhaaren und fragte Kepek etwas; die Antwort brachte ihn zum Lachen. Das Lachen hörte nicht gleich wieder auf, während er Bogen und Saiten mit etwas beißend Riechendem säuberte, dann etwas hervorkramte, was wiederum nach Baumharz aussah und damit erst in kleinen Kreisen, dann in großen Schwüngen über den Bogen fuhr.

Als er die Geige endlich zu spielen anfing, war ihr Ton so rein und klar, dass Erjan mit einem Mal der Sinn von Petkos Spruch zu Beginn aufging: Selbst ein Blinder hätte im blauen Himmel die Luft tanzen sehen! Luft und Sonne, weiße Wolken, Vögel, frohgemut …

Dies war seine erste Geigenstunde.

Doch es waren noch keine fünf Lektionen vergangen, in denen der gute Petko ohne viel Umstände etwas auf seiner Geige vorspielte und Erjan die Bewegungen auf der seinen nachzuahmen suchte und die schwarzen und weißen Vögelchen zu verstehen lernte, die da auf dem Papier wie auf Drähten hockten (Kepek, der ihm, gänzlich unmusikalisch, alle Anweisungen Petkos mehr oder weniger treffend übersetzte, nannte sie Noten), als der eifersüchtelnde Großvater Daulet beschloss, mit Erjan und der Dombıra in den Zug zu steigen und in die Stadt nach Semei zu fahren, um ihn den wahren Meistern, den Jırau, wie er sagte, vorzuführen. Sie fuhren im Güterwagen, worin das für die Bahnangestellten an der Strecke bestimmte Brot ausgefahren wurde. An jeder Station reichte Großvaters Freund Tölegen die gefrorenen Laibe nach draußen, während Erjan und Daulet im hinteren Teil des Wagens auf Tölegens dicken Pelzen lagerten und mal den Wald von Armen sehen konnten, die sich nach dem Brot hereinreckten, mal schräg auf die wie ein riesiger Mühlstein um sie kreisende Steppe, auf die reichlich Schnee wie Mehl herabrieselte.

Unterwegs, während die Masten in die Gegenrichtung flitzten und die Drähte auf- und niederschwangen, kamen sie auch wieder an der Stacheldrahtsteppe vorbei, die den Großvater und Tölegen abermals zum Abwinken brachte, und Erjan hörte ein neues Mal das klingende Wort Sona, das er schon fast vergessen hatte, prompt surrte wieder die Bremse in seinem Kopf, nachdem er nachts von einem Schwarm Musiknoten geträumt hatte, und am Morgen war es eine fette, surrende Schmeißfliege, die über ihm kreiste und manchmal schamlos auf seiner Nase Platz nahm …

Die alten Männer waren schon dabei, ihren mit Milchpulver geweißten Tee zu trinken, tunkten den Kanten des letzten, unverkauft gebliebenen Brotes ein. Der Zug ratterte über die frostklirrenden Gleise. Durch den offenen Türspalt zog eisige Steppenluft herein. Plötzlich aber, wie auf Betreiben dieser Riesenfliege, ruckten alle im Waggon vorhandenen Schatten jählings zur Seite, und ein Dröhnen setzte ein, das das Summen der Fliege am Ohr und das Rattern des Waggons und das Scheppern der leeren Brotcontainer bei Weitem übertönte, sich bis in die Gehörgänge fraß. Und der Waggon mit allem, was in ihm war, fing zu tanzen an. Die alten Männer fielen zu Boden, in den Lichtspalt hinein, die Fliegenbeine peitschten den Erdball wie einen hüpfenden Kreisel, der Waggon hüpfte mit, und Erjan sah sich, ob von den haarigen Fliegenfüßen oder Tölegens unter ihm wegrutschenden Decken, hilflos davongeschoben, in ein pelziges, dröhnendes Dunkel hinein …

Sona! – Zone! – so hieß von da an die Erinnerung an diesen Tag, als Fliegenflügel Eisenbahnwaggons durch die Steppe purzeln ließen, als Großvater Daulet und der blutüberströmte alte Tölegen das Kind aus den haarigen Fängen befreiten und in einen Pelz wickelten und ein paar Greisentränen darüber vergossen …

So blieb ihnen die Fahrt nach Semei an jenem Tag verwehrt, das Studium bei den großen Jırau war Erjan nicht vergönnt. Auf einer Draisine, die aussah wie eine Mischung aus Miniaturdampflok und Wohnwagen, gelangten sie zurück nach Qara-Shaǵan. Die Steppe blickte auf dem Rückweg ebenso finster drein wie die Menschen, zwischen denen sie saßen: Bleigraue Wolken zogen über den Himmel, aus denen es weder regnete noch schneite, weder donnerte noch blitzte – sie sahen aus wie hohl. Auch die Schnelligkeit, mit der sie über den Himmel walzten, war sonderbar, denn es ging kein Wind, die Luft schien ebenso bleiern und war auch durch die dahinrollende Draisine nicht zu bewegen.

Am übernächsten Tag waren sie wieder zu Hause – ohne Mitbringsel, mit leeren Händen. Immerhin hatten die Leute von der Draisine ihnen ein paar Brote und einen Sack russische Kartoffeln abgelassen, ehe sie ihre Fahrt durch die Steppe mit unbekanntem Ziel und Zweck fortsetzten. Als sie entschwunden waren, dauerte es seine Zeit, bis der Himmel sich wieder lichtete und ein Zug kam, den Großvater durchzuwinken hatte, sonst ging keiner vor die Tür, nicht einmal zum Pinkeln, sie verrichteten ihr Geschäft in einen Blechkanister, den Kepek-Naǵashı, auf alles und jeden schimpfend wie üblich, dann und wann durch das Fenster entleerte.

Der Urin, den sie pinkelten, war rot wie vor Scham, am meisten bei Erjan. Die Frauen hatten was zu plappern von Aqır zaman*, Weltende und so weiter, während der Großvater, wenn er gerade nicht schlief, am Regler seines kleinen Röhrenradios drehte, lange nur Pfeifen, Jaulen und Zischen hereinbekam, bis am Ende eine Stimme erklang, die ein merkwürdiges Kasachisch sprach, von einer Explosion war die Rede, dazu ein seltsames Wort: Toligon*? – fast wie Tölegen.

War der etwa tot? Aber warum bestieg der Großvater dann nicht seinen Apfelschimmel und ritt zu des Freundes Begräbnis, wie er es sonst immer tat, wenn Leute gestorben waren?

All diese Tage hockten sie untätig im Haus herum, Erjan durfte nicht einmal musizieren. Schließlich, am vierten Tag, als die beiden Familien endlich wieder beieinandersaßen und Großvater Daulet dem Quday* einen Hammel schlachtete, der sogleich abgezogen und ausgenommen, zerstückelt, gekocht und gegessen wurde, rülpste der Großvater sich nach dem Essen behaglich aus, ergriff einen Hammelknochen und legte ihn Bayshishek auf die Knie. »Jetzt kannst du zeigen, dass du noch ein Jigit* bist!«, sprach er zu Shaken-Köke – der sich augenblicklich erhob und die Hände hinter den Rücken legte, der Großvater band sie ihm mit dem Gürtel zusammen. Alsdann trat Shaken-Bayeke* vor seine Frau hin und beugte sich zum Vergnügen aller nach vorn, immer tiefer, ohne in den Knien einzuknicken, um schließlich den Knochen mit den Zähnen zu ergreifen. Kepek-Nağashı tat es ihm anschließend nach, indem er sich den Knochen von den Knien seiner schweigsamen Schwester Qanyshat schnappte. Schließlich bekam die dreijährige Aysulu den Knochen auf die Knie gelegt, und unter Gelächter wurde Erjan aufgefordert, sich nach dem Knochen zu beugen. Er schaffte es, doch anscheinend hatte er zuvor zu viel trockenes Fleisch gegessen, denn just in dem Augenblick, da er den Knochen zwischen den Zähnen hatte, pupte er so laut und gedehnt, dass es durchs ganze Haus schallte. War das ein Hallo!

»Die reinste Bombe!«, quiekte es aus Großvaters Runzelgesicht. »Atomwaffe!«, präzisierte Shaken-Köke, in diesen Dingen bewandert, und fügte an: »So überholen wir die Amis unter Garantie!« – »Jetzt klappt das auch mit der Rakete!«, legte Kepek-Nağashı noch eins drauf.

Und damit war das große Beben einigermaßen verdaut.

Im selben Sommer war Erjan groß genug, dass Shaken-Köke ihn zum Austrieb der gemeinsamen Herde mitnahm – in dasselbe Flusstal, wo er schon mit dem Großvater gewesen war. Das Gras war dort noch halbwegs grün, die Auen am Grund der breiten Klamm, in denen das Vieh sich erging, noch nicht so ausgedörrt. Hier roch es frisch, die Schatten von Tamariske und Saxaul kühlten ihnen die von der schon am Morgen sengenden Steppensonne erhitzten Gesichter, die klebrigen Schweißbäche trockneten ab. Qaptı, der Hund, lief mit feuerrot hängender Zunge, die auseinanderstrebende Herde zu einem Haufen wiederzuvereinen, der sich beherrschen ließ. So konnten Shaken-Köke und Erjan das Pferd am Fuß eines abseitsstehenden Busches anbinden und sich auf dem Boden ausstrecken, der so kühl war, wie sie es ewig nicht mehr erlebt hatten.

Eine Stunde später oder zwei standen sie auf, überließen die Herde gänzlich der Aufsicht des rastlosen Qaptı, stiegen aufs Pferd und ritten jenseits des Flüsschens bergan – dahin, wo die Steppe von Stacheldraht umzäunt war. Der Köke schien den Weg zu kennen, und nach einigem Auf und Ab waren sie in der Zone, die den Jungen in seiner kindlichen Neugier all die Jahre wie eine Bremse im Kopf genarrt hatte. Eifrig spähte er hinter des Onkels Rücken hervor nach allen Seiten. Aber das hier war ganz normale Steppe: eine kleine, nadelspitz stechende Sonne am endlos weiten, müden Himmel, ausgeglühtes Weideland und dazwischen dicke Luft – reglos, abgestanden, vibrierend. Höchstens dass der Boden hier etwas röter und die Staubschicht unter den Hufen etwas dicker als gewöhnlich war.

So ritten sie eine Weile. Shaken schwieg den ganzen Weg über, dem Anschein nach vertieft in die Klänge der Steppe; erst als die Sonne ihnen schon im Rücken stand, sagte er auf einmal: »Qarashı, qaz*!« Erjan reckte sich zur Seite, um die Gans zu sehen und vielleicht gar einen See dazu, doch was da in einiger Entfernung den Gänsehals aus dem Boden streckte, war aus Beton, ein seltsamer Bau, ähnlich wie die, die der Großvater in Tölegens Güterwagen Elevatoren genannt hatte. Ein Stück dahinter zeichneten sich im Licht der tiefstehenden Sonne noch irgendwelche seltsamen Gegenstände ab.

Eine halbe Stunde ritten sie auf die Gans zu, die doch eher wie ein Kranich aussah – jedenfalls ein riesiges Betonungetüm, halb verkantet, wie umgeschwemmt. Erjan starrte sich die Augen aus dem Kopf, doch Shaken-Köke hielt sich nicht lange auf, lenkte das Pferd im Passgang zu den anderen Bauten, die sich als Ruinen entpuppten.

Erjan war vielleicht noch klein, doch er versuchte zu verstehen, was er sah: Waren es verlassene Behausungen kasachischer Nomaden? Deren Friedhöfe? Rundliche Formen, wie von der Zeit und der mitleidigen Natur beschliffen, von Kanten und Vorsprüngen befreit. Die Häuser schienen in höchster Eile abgerissen worden zu sein, wie im Vorbeigehen zerstört; leere, ausgerenkte Fensterrahmen, klaffende Wände, Dächer ins Fundament gerammt. Nie hatte Erjan etwas Grässlicheres gesehen; so musste es sein, was Großmutter Ulbarsın Weltende nannte.

»Hat Aysulu das auch schon gesehen?«, fragte er Shaken bange. Der schüttelte den Kopf und sagte, was er ungefähr immer sagte: »Wenn wir die Amis nicht einholen, geschweige überrunden, wird bald die ganze Welt so aussehen!«

Shaken-Köke war mit Großvater Daulet öfter dabei, den dritten Weltkrieg zu diskutieren, für den er sich an seinem Arbeitsplatz so fleißig rüstete. Ob es an diesen Gesprächen lag, der unüberwindlichen Angst vor der Zone oder jüngst dem Anblick der toten Ortschaft – neuerdings träumte Erjan manchmal vom dritten Weltkrieg. Zumeist kam dieser vom Himmel gefallen, welcher blau und heiter war. Entweder begannen plötzlich irgendwelche kleinen Flugzeuge einen amerikanischen Bomber zu attackieren, oder die Sterne am Nachthimmel stoben auf einmal nach allen Seiten auseinander – das Ende aber war jedes Mal gleich: der Himmel bleigrau und schwer, ein durch die Erde gehendes Dröhnen, von dem das Vieh zu blöken anfing, darauf ein greller Lichtblitz und ein Giftpilz, über der Erde schwebend wie eine böse Albastı*.

So auch dieses Mal: am hohen Himmel Papierflieger, die eine pilzförmige Wolke als Hammelblase hinter sich herziehen. Dazu Shakens Stimme im Lautsprecher, weithin schallend, wie vom Himmel herab. Seine Rede gespickt mit fremden Wörtern – Panik und Panamerikanismus … »Denn gesagt ward in dem Märchen vom Aqır zaman: Und die Bomben werden kommen über die Erde wie die Ergüsse der feurigen Gehenna«, fährt Shakens Radiostimme fort. »Nur die Erde ist es, von der wir nichts zu befürchten haben – die führt uns nicht hinters Licht, sie geht schwarz wie eine trauernde Mutter, jeden umfängt sie und nimmt ihn zurück in ihren Schoß, aus dem er geboren ist – nun ist er leer und entzündet ... Wir sind Reisende, und über uns der Himmel ist voller feindlicher Flugzeuge.«

Erjan aber erwachte und sah, dass der Großvater und Shaken-Köke immer noch über den dritten Weltkrieg stritten.

Der Zug fuhr durch die endlosen Weiten der kasachischen Steppe, und die Drähte – auf ihnen Lerchen und Häher, Blauracken, Rötelfalken und wer weiß was noch für fliegendes Getier – schwangen von Mast zu Mast, Mast zu Mast, wie die Noten einer geheimnisvollen Melodie von Taktstrich zu Taktstrich, Takt um Takt. Mein redseliger Gesprächspartner pfiff auf seine kommerziellen Pflichten, er war mit dem Schaffner übereingekommen und blieb bei uns sitzen bis in sein fernes Semei. Es herrschte das übliche Eisenbahnleben, immer neu zusteigende Händlerinnen mit der ewig gleichen Ware: Kamelwolle, Dörrfisch, Joghurtbällchen. Auch Spielkarten mit nackten, vollbusigen Mädchen und regionales Bier, warm und schäumend wie Urin, waren im Angebot. Mein Abteilgenosse, der alte Kasache, war ächzend erwacht und blieb, uns den Rücken zukehrend, liegen; anscheinend wollte auch er mit halbem Ohr hören, wie es in Erjans Leben weitergegangen war.

Wir tranken jeder ein Glas Eisenbahntee (spendiert vom Wagenschaffner, der erfreut war über einen Passagier mehr, der ihm bar in die Tasche zahlte), und Erjan setzte seine Erzählung fort.

Von Tag zu Tag, wenn nicht von Stunde zu Stunde machte Erjan Fortschritte. Nicht nur sein Geigenspiel (als der Sommer kam, konnte er schon Etüden von Kreutzer, Mazas und Rode spielen), auch sein Russisch wurde besser, freilich nicht ohne einen gelinden bulgarischen Beigeschmack (den er sich bis in die Gegenwart bewahrt hatte). Kepek-Naǵashı, als er merkte, dass die beiden inzwischen auch ohne sein Dolmetschen miteinander klarkamen, brachte sich geflissentlich in Erinnerung, indem er seinem Jiyen im unpassendsten Moment das vollgeschnäuzte Taschentuch reichte: Leg dir das unters Kinn, wie der Lehrer es dir vorgemacht hat; oder er riss Erjan in einer Spielpause den Bogen aus der Hand, um ein hängendes Pferdehaar zu entfernen. Nie aber, um keinen Preis ließ er seinen vierjährigen Neffen in dem Bauwägelchen auch nur einen Augenblick mit Petko allein.

Als Erstes lernte Erjan Petkos musikalische Zurechtweisungen verstehen: Oberer Bogen! Abstrich! Dritter Finger! Zweite Saite! Kräftiger den Ton! Fließende Bewegung! – diese Ausdrücke stahlen sich in seine Träume mitsamt den entsprechenden Geigentönen, die ihrerseits sich zu vielfarbigen

Noten rundeten. Nie waren seine Träume so lustig gewesen wie jetzt, da die Noten als kleine Männlein unterwegs waren: Dickärschig und wichtigtuend die einen, schmalfüßig trippelnd die anderen, verschmolzen sie zu grellen Bildern, wie sie entstehen, wenn man sich vorsätzlich die Fäuste auf die Augen drückt und unter den Lidern allerlei bunte Krautköpfe sprießen; dieses Schauspiel bot sich ihm nun jede Nacht. Um seine kleine Freundin Aysulu an diesen Bildern teilhaben zu lassen, schlich er sich von hinten an, drückte ihr kräftig auf die Augäpfel und raunte dabei in einer ihr unverständlichen Sprache: »Welchenoteistdas? Schärferdenton! Fingerfingerfinger! Wogehörtderbogenhin? Näherzumsteg!«

Je mehr und je besser er Russisch verstand, desto mehr löcherte er auf dem langen Heimweg seinen Naǵashı, der in der Sowjetarmee gedient hatte, um sich dieses oder jenes Wort sagen zu lassen, es parat zu haben für den Tag, an dem er es brauchen würde. Aber wie sich zeigte, war die Sprache, die Kepek bei der Armee gelernt hatte, keine sehr musikalische: »Wassn das fürn Gefurze?«, fragte er, als der Junge Tonleitern auf der vierten Saite zu üben anfing. Oder als er das Döschen Kolophonium in der Tasche seines Jiyen entdeckte, das Petko ihm vor dem Aufbruch hineingeschoben hatte: »Was hastn da gekrallt?« Wenn Erjan, schnell von Begriff, das zu Hause aufgeschnappte Wort im Unterricht anzubringen versuchte, wollte Petko sich ausschütten vor Lachen: »Na du bist ja drauf, Kleiner!«, und bedachte den Bengel mit einem zärtlichen Blick.

Was dazu führte, dass sich dieser Satz als Ausdruck höchster Gefühle in Erjans Gedächtnis eingrub und er seiner Aysulu mit denselben Worten den Rücken tätschelte: »Du bist ja drauf, Kleine!«

Da Kepek-Nağashı nun einmal keine Gelegenheit ausließ, Petkos Namen vielsagend zu verballhornen: Pädo sage dies, Pädo mache das, setzte Shaken-Köke es eines Tages durch, dass nicht Kepek, sondern er Erjan zur Geigenstunde brachte – immerhin hatte er ihm ja die Geige gekauft. Doch dann kam es gar nicht zum Unterricht – »fiedle mal ein bisschen alleine, Junge!« –, weil Shaken-Köke mit Petko etwas zu bequatschen hatte, und das an die drei Stunden lang. Die Folge war, dass er der versammelten Familie beim Abendessen (nur Kepek-Nağashı nicht, der war im Dienst) berichten konnte, wer dieser Petko wirklich war, und so erfuhr Erjan, dass sein Lehrer das Moskauer Konservatorium absolviert hatte (noch so ein rätselhaftes Wort, das in Erjans Lexikon für Russisch und Musik Eingang fand), und das bei keinem Geringeren als Oistrach. (»Oj! Strach!*«, pflegte Bayshishek-Jeñge, die Städtische, zu sagen, wenn ihr der Schreck in die Glieder gefahren war, dasselbe tat sie jetzt wieder und spuckte sich in den Ausschnitt.) Also eine

Ka-pa-zität, stellte Shaken-Köke fest. Herauszubekommen, was dieser Petko in einem Bauwagen sieben Kilometer vor Qara-Shaǵan verloren hatte, war ihm aber nicht gelungen.

Als Erjan Kepek beim nächsten Ritt davon erzählte, winkte der ab. Shaken habe keine Ahnung. »Men bilem!« Er wisse Bescheid! Wenn das stimmte, so behielt er, was er wusste, jedenfalls für sich. Aber vielleicht nannte er Petko nur deshalb Pädo, weil er den Namen nicht richtig aussprechen konnte.

Und einmal nahm gar Großvater Daulet (der es seinem Enkelchen immer noch heimlich verübelte, dass er die Geige der geliebten Dombıra vorgezogen hatte) den Weg zur Geigenstunde auf sich – nämlich als er erfuhr, dass der Bautrupp über eine Dusche verfügte. Es war ein glutheißer Sommer, der Schweiß rann ihm nur so über den runzligen Nacken und roch sauer, was Erjan, der hinter ihm saß, in die Nase stach. Darum gingen sie, kaum dass sie bei Petko angelangt waren (der, frisch gekämmt, seine Schicht schon hinter sich hatte), erst einmal stracks unter die Dusche; dort, hinter der Plane, behielt der Großvater zwar die Unterhosen an, doch schaute, während er sich sorgfältig den Kopf einseifte, der runzlige Sack mit den braunen Eiern daraus hervor, und der vorwitzige Erjan, voller Seifenspritzer von des Großvaters Kopf, zögerte nicht zu fragen: »Ata, nege sende ekite jumırtqa?« –

warum er zwei Eier habe? Was den Großvater kurz aus der Fassung brachte, er zerrte am Gummizug seiner Unterhose und bequemte sich zu einer Antwort: »Ich habe zwei Kinder, darum auch zwei Eier.« – »Dann hat Shaken nur eins?«, jauchzte der Junge erstaunt. »Und Kepek gar keins?«

Darauf wusste der Großvater nun nichts mehr zu sagen, lieber spritzte er eine Ladung Wasser nach dem Kind.

Petko hatte es dem Großvater angetan; im Frühherbst trug er Kepek auf, ihn zur Fuchsjagd einzuladen. Lange vor Erjans Geburt (das wusste er von Kepek-Naǵashı) hatte Daulet sich einen Steinadler für die Jagd angeschafft, der sich von einem einjährigen Balapan zu einem zweijährigen Qantübit mauserte, von einem Qantübit zu einem Tirnek, von einem Tirnek zu einem Tastülök und so weiter, bis daraus ein zwölfjähriger Shögel geworden war. Bei dieser Gelegenheit verstand Erjan, dass der Spitzname Musbalaq, den der Großvater ihm, dem nunmehr Fünfjährigen verpasst hatte, mitnichten mit seiner Musik zu tun hatte; der Großvater titulierte ihn wie früher seinen Adler. Doch als Erjan geboren wurde, war das Tier entweder bereits gestorben oder wurde in die Freiheit entlassen, vielleicht weil Großvater meinte, in seiner Familie sei nun ein neues Adlerküken geschlüpft. Kurzum, mit dem aus des Großvaters Leben verschwundenen

Steinadler hatte auch die alljährliche Jagd in jenen Tugai*, wo Erjan angeblich gezeugt worden war, das Zeitliche gesegnet.

Nun aber, zu Ehren des Musbalaq und seines Lehrers, wollte der Großvater die ganze männliche Bevölkerung von Qara-Shaǵan zur Fuchsjagd bitten. Kepek erzählte gern einmal, wie einfach das Jagen früher mit Hund und Adler gewesen war: Qaptı trieb den Fuchs aus der Höhle, und der Adler griff ihn sich aus der Luft. Diesmal aber wollte der Großvater eine Füchsin lebend ergreifen, auf die traditionelle Art. Die Abmachung war folgende: Sobald Qaptı das Tier aufgestöbert und aus dem Bau gesprengt hatte (und natürlich würde die Fähe so schlau sein, den Hund von ihren noch schwächlichen Welpen wegzulocken, sonst wohin rennen, nur um ihre Spuren zu verwischen), würden Großvater Daulet, Petko und Erjan-Musbalaq es durch die Steppe treiben, und zwar so, dass die tiefe Sonne ihnen im Rücken stand.

Dann würde Shaken-Köke, in Rufweite auf der Lauer liegend, wenn er des Fuchses ansichtig würde, aus seinem Versteck springen und der Treibjagd und damit dem Fuchs eine jähe 90-Grad-Wendung geben, ein Qaltarıs, wie es heißt. Er würde auf gleiche Weise abgelöst werden von Kepek mit seinem Pferd, der, wenn der Fuchs auftauchte, ebenfalls von der Seite heransprengen und die Treibjagd mit Qaptı an der Spitze um weitere 90 Grad drehen würde, sodass die Sonne dem schlauen Fuchs nunmehr direkt in die Augen stach. Am Ende würden der Großvater, Petko und Musbalaq mit Geheul und Getöse in Aktion treten, und diesmal nicht von der Seite, sondern direkt von vorn, Auge in Auge mit dem Fuchs, ja und dann … Erjan bedachte die doppelläufige Flinte des Großvaters mit einem ehrfürchtigen Blick.

Alles geschah genau wie von Großvater geplant. Knurrend wühlte Qaptı den Fuchs aus der Höhle, der kam herausgeschossen und wollte in Richtung Sonne Reißaus nehmen, doch der Großvater tat einen gurgelnden Schrei, worauf der Fuchs irritiert für einen Moment stehen blieb und sich besann, ehe er an Qaptı vorbei in die Gegenrichtung davonstob. Die Jagd begann. Qaptı preschte los mit einem solchen Karacho, dass er darüber zu kläffen vergaß; dafür brüllte der Großvater die Steppe zusammen, gut, dass Erjan fest angegurtet hinter seinem breiten Rücken in Deckung saß, er wäre sonst womöglich ertaubt. Petko auf seinem geliehenen Pferd krakeelte das Seine dazu. So ging das fünf Minuten, bis der Großvater sein Pferd herumriss und Erjan nicht mehr nur hören, sondern auch sehen konnte, wie Shaken-Köke dem Fuchs das Qaltarıs, den 90-Grad-Haken, abverlangte, sodass dieser nunmehr seitlich von ihnen dahinfegte. Konsterniert drehte Qaptı ab, wurde aber im nächsten Moment vom Großvater mit einem scharfen »Bas!« – Fass! – zur Ordnung gerufen, worauf er, endlich aus vollem Halse bellend, in die neue Richtung davonschnellte.

Während Shaken-Köke seitlich von ihnen immer kleiner und leiser wurde, ritten sie parallel zu ihm hin, um die Ausgangsposition für das Ulu Qaltarıs, die entscheidende Wende, einzunehmen. Als kleine Punkte sah Erjan seitwärts Shaken-Köke und Kepek-Naǵashı einander kreuzen, doch gleich darauf schwand ihm die Szene aus den Adleraugen, denn der Großvater wendete das Pferd in Richtung Sonne. Prompt schwoll der Lärm der wilden Jagd wie ein Crescendo in Erjans Luchsohren an. »Ata, köreyshi! Ata, köreyshi!«, teilte er brüllend mit, dass er nichts mehr sah. Mit einer schnellen, unmerklichen Bewegung drehte der Großvater ihn sich, ohne den Gürtel zu lösen, um die Hüfte herum nach vorn, fast bis auf den Zwiesel; dabei riss er ein wenig am Zügel, damit das Pferd den Kopf zur Seite bog und Erjan freie Sicht in die Steppe hatte. Bestimmt hat er es mit dem Adler genauso gemacht, dachte Erjan nicht ohne Stolz auf seinen Großvater.

Den Fuchs konnte Erjan nirgends entdecken, dafür sah er Kepek-Naǵashı nahen, der brüllte und kreischte. Erst als er genauer hinschaute, bemerkte er ein Stück vor ihm ein ausgeblichenes Fellknäuel: Qaptı. Näher und immer näher kamen sie – und plötzlich – »Ata, ata, körshi!« – gewahrte Erjan einen stäubenden Punkt, der auf ihn zuzufliegen schien. Das Herz schlug ihm bis zum Hals, Jagdfieber und Mitleid stritten darin: Gleich würde der Großvater die Flinte hervorziehen, die jetzt noch zwischen Steigbügel und Riemen klemmte, und … Für einen Augenblick standen sie wie versteinert. Dann ging ein Ruck durch den Großvater, er zog dem Pferd die Peitsche über, und mit gellendem

Geschrei, sekundiert von Petkos und Kepeks Brüllen und Juchzen, preschte er geradewegs auf den Fuchs zu. Gleich wird er uns anfallen in seiner Todesangst, durchzuckte es den kleinen Adler – aber nein, der Fuchs, als er erkannte, dass er inmitten der weiten Steppe in die Falle gegangen war, fiel plötzlich um wie tot, nur dass er zuvor infolge der Geschwindigkeit noch ein paar Saltos schoss. Und ehe Qaptı ihm die Kehle durchbeißen konnte, hatte der Großvater im vollen Galopp ein Netz über den Fuchs geworfen, in dem dieser sich, immer noch weiterkugelnd, heillos verfing und als bewegungsloses Knäuel endete.

So fingen sie das Tier bei lebendigem Leibe. Erjan sah seine traurigen, besiegten Augen, darin die verzweifelte Frage, wie die Menschen es wohl fertiggebracht hatten, die grenzenlose Steppe von allen Seiten zuzusperren – und hätte Petko den Großvater nicht von der Idee abgebracht, ihm den Fuchs für eine Winterjacke zu opfern, hätte Qaptı auch noch die Welpen aus dem Bau wühlen müssen. Petko äußerte einen klugen Spruch: Der Weg sei das Ziel, womit der Großvater sich schließlich einverstanden erklärte. Erst verscheuchte er Kepek und Qaptı, winkte dann genervt ab und entließ den verwirrten, bedripsten Fuchs zurück in die Steppe.

Dafür tauchte Shaken-Köke, der dem Treiben zeitweise abhandengekommen war, plötzlich aus Richtung Fuchshöhle auf. Sein kasachischer Schafsrock beulte sich vor der Brust. Triumphierend zog er vor aller Augen ein Füchslein im Netz hervor: Das habe er in der Steppe aufgelesen, sei wohl in seiner Panik der Mutter hinterher geflitzt. Ein prima Hauskätzchen für Aysulu und Erjan! Der konnte den Tadel in Petkos Augen lesen, doch bei der Vorstellung, wie sehr sich Aysulu über das Füchslein freuen würde, tat er so, als hätte er den Blick nicht bemerkt.

Zu Hause musste, Petkos Liebe zu aller Kreatur ungeachtet, ein Hammel zu Ehren des Gastes sein Leben lassen; der Großvater häutete das Tier und weidete es aus, bereitete ein Besbarmaq*, ein Ishek-Qarın*, den Kopf separat; nach dem üppigen Mahl nahm er seine geliebte Dombıra zur Hand und sang ein dem Gast gewidmetes Jır, worauf er Petko erläuterte, dass auch hier wie bei der Fuchsjagd ein Qaltarıs den anderen nach sich ziehe, bis hin zum letzten Ulu Qaltarıs, bei dem sich zeige, dass der Zuhörer, ganz wie der Fuchs, dem Sänger in die Schlinge gegangen sei:

Dostıñız zor,
dushpanıñ qor,
bar tilekke jetseñiz.
Sansız baqıt,
altın taqıt,
Barsha jannan ötseñiz ...

Die Freunde sind stark,
die Feinde sind Quark,

erfüllt sind die Wünsche des Lebens.
Das Glück wird euch hold,
der Thron ist aus Gold,
habt ihr erst den Geist aufgegeben.

Nur Gram hinterlässt
und einen schalen Rest,
was euch so begehrenswert war.
Wo soll es denn hin?
Hats noch einen Sinn?
Ihr rettet hinüber kein einziges Haar.

»Qaltarıs«, bemerkte an dieser Stelle der Großvater und fuhr fort:

Die Welt birgt Verdruss.
Ein reißender Fluss,
in den wir wie Halme fallen.
Wir treiben und reiben
uns, gaukeln und schaukeln,
vermehren das Werk und die Qualen.

Sei's an einem Stein,
sei's an einem Bein,
wir stoßen die Stirnen uns wund.
Vom Fluten und Tosen
kann uns erst erlösen
der Tag, den wir gehen zugrund.

»Qaltarıs!«, stieß der Großvater hervor, und die Hand mit der Dombıra winkte Petko zu.

Die Welt ist im Fließen.
Sie wird sich ergießen
dereinst in den Ewigen See.
Dann kann man die Halme,
so sie nicht zermalmt sind,
beisammen dort liegen sehen.

Hier hat's sein Bewenden,
die Fahrt ist zu Ende,
die Strohhalme ruhen im Dom.
…

»Ulu Qaltarıs!«, fauchte der Großvater – und kam zum Ende seines Gesanges, wobei seine Stimme auf einmal ganz leise war:

…
Zur Ruhe gekommen,
besänftigt, verschwommen
ist in der Lagune der Strom.

Während sie also beim Singen waren, schlüpfte das Füchslein, das Aysulu so sehr erfreut hatte, unbemerkt aus dem Haus – und wurde von Qaptı sogleich totgebissen. Welch ein Weh und Ach, wie viel Tränen flossen an diesem Abend, als Kepek in einiger Entfernung den kleinen flauschigen Körper, nicht größer als ein Kätzchen, begrub. Von dem Tag an hörte Erjan jede Nacht ein Heulen – und ahnte, das war nicht Aysulu, die um ihr Füchslein weinte, das war die in die Freiheit der Steppe entlassene

Füchsin, die kam, um ihr Kind zurückzuverlangen. Und Qaptı fing dann nicht wie gewöhnlich zu bellen, sondern zu winseln an, wie sonst nur vor einer Atomexplosion …

Diesen Herbst geschah es, weil Bayshishek-Jeñge, die Städtische, darauf bestand, dass Shaken-Köke in der Stadt ein Radio mit Plattenspieler kaufte – und für die Zweifamilienbevölkerung von Qara-Shaǵan tat sich ein Fenster in die Welt auf. Eine richtige Musiktruhe – nicht zu vergleichen mit des Großvaters heiser röchelndem Strela*-Röhrenradio. Als Erstes am Morgen trieb Shaken-Köke stellvertretend für die ganze Bahnstation Frühsport mit Radio-Vorturner Gordejew und Klavierspieler Potapow; dann stieß Großvater Daulet dazu, um mit dem gymnastisch wie politisch-ideologisch fortschrittlichen Shaken die Hymne der UdSSR und im Anschluss die aktuellen Nachrichten zu hören, was Shaken mit dem unvermeidlichen Satz quittierte: »Die Amis holen wir nicht bloß ein, die überrunden wir!« Danach, während der Großvater »auf Strecke« ging, hörten die Frauen allerlei Kokolores, meist mit regionalem Einschlag, am liebsten aber Theateraufführungen im Zweiten Kasachstanischen Programm. Gingen die Frauen dann Kühe melken oder in die Steppe Reisig sammeln, und Shaken war außerhalb auf Schicht, bemächtigte sich Kepek-Naǵashı des Geräts, schob und stocherte irgendwelche Drähte ins Innere und empfing so eine wilde Tollhausmusik, zu der er zuckte und taumelte wie sonst nur, wenn er besoffen war.

Was die Kinder anging, Erjan und Aysulu, so drückte der liebe Petko seinem Schüler eines Tages zwei Langspielplatten in die Hand. Die eine hieß Lendık Qoǵam*, die andere noch unbegreiflicher: Dinrit*. Fortan drehten sich diese zwei Platten unaufhörlich, bis die Erwachsenen zurückkamen, sie ins Regal stellten und die Kinder ins Bett schickten. Die eine Schallplatte spielte Geige – und das wunderschön, man konnte meinen, Petko hätte es aufgegeben, beim Spielen anderer dazwischenzureden, und spielte stattdessen selbst. Die zweite ähnelte dem, was Kepek-Naǵashı mit seinen Drähten aus dem Radioapparat hervorzauberte, aber auch darin lag viel Reinheit und unerhörte Freude. »Hayúan äkelü, hayúan äkelu, hayúan äkelü* ...«, sang Erjan in seinem Bett vorm Einschlafen, so wie er es verstand, während Aysulu drüben, noch hellwach, vor sich hin trällerte: »Ulu aǵam balasın-ey, ulu aǵam balasın-ey!*«

Wer nie in der Steppe gelebt hat, wird schwer begreifen, wie man es dort, in dieser vollkommenen Einöde, aushalten kann; doch die, die seit eh und je da zu Hause sind, wissen, wie abwechslungsreich diese Steppe ist, wie vielfarbig fließend der Himmel über ihr, wie unstet und wechselhaft die

Luft dazwischen, wie unendlich mannigfaltig ihre Flora, wie vielerlei Getier kreucht und fleucht. Mal kommt ein Sandsturm auf aus dem Nichts, mal trägt es von ferne eine kreiselnde gelbe Windhose heran, die aussieht, wie wenn die Frauen ihre Kamelwolle zu Strängen zwirbeln, oder der Himmel hängt riesig und schwer über dem in Demut erstorbenen Land …

Je älter Erjan wurde, desto mehr Unterschiede fielen ihm auf, wenn er zur Geigenstunde bei Petko unterwegs war; dieser Weg erschien ihm wie Musik, ebenso klangvoll und abwechslungsreich. In den Stauden von Knöterich und Salzkraut schaukelten die Noten für das Lied des Windes, Ziesel und Spitzmaus sangen in zweiter und dritter Stimme dazu.

Zu Hause erschien ihm das kantige, faltige Gesicht des Großvaters wie ein Violinkonzert von Bach, das er gerade zu spielen lernte, Shaken-Kökes aufgesetzte Munterkeit wie Kreislers Wiener Marsch, den einzustudieren sie sich nicht entschließen konnten, Kepeks sinnloses Tun wie die endlosen Gaviniès-Etüden – und Aysulus zartrosa Lärvchen wie eine von Vivaldis Jahreszeiten, komischerweise am ehesten der Winter, den der Bulgare Petko mit besonderer Inbrunst inmitten des kasachischen Spätsommers zum Besten gab.

Lediglich die Frauen – und insbesondere Bayshishek-Jeñge, die Städtische – ließen ihn noch an die einförmigen Klänge der ehrwürdigen Dombıra denken …

Diese große, allumfassende Lust und Freude – an der Steppe, an der Musik, am Kindsein – wohnte in Erjan jedoch zusammen mit der furchtsamen Erwartung jenes wiederkehrenden Ereignisses, das sich dröhnend und vibrierend ankündigte und in einem aus der Zone heranfegenden Sturm entlud. Wenn es geschah, war Shaken-Köke meist auf Schicht; war er zufällig doch zu Hause, gerieten Shaken, der Großvater und Kepek, wenn sie für die darauffolgenden Tage mit ihren Familien im Haus eingesperrt waren, unweigerlich aneinander. Shaken, dem die anderen das, was sich da ereignete, zum Vorwurf machten, reagierte nicht weniger fuchtig als die Steppe draußen auf die Explosion: Die Atombombe sei die sowjetische Antwort auf das Wettrüsten, so belehrte er die Anwesenden – »gäbe es sie nicht, wären wir alle miteinander schon längst nicht mehr da!« –, doch abgesehen davon dienten diese Tests auch zu friedlichen Zwecken, nämlich um den Kommunismus zu errichten! »Einholen genügt nicht – wir müssen die Amis überrunden!«, schloss er mit seinem Paradesatz. »Schon für den Fall, dass es zum dritten Weltkrieg kommt!« – »Agitier uns nicht!«, ereiferte sich der Großvater nicht minder, schließlich war er in zwei Weltkriegen Soldat gewesen: im ersten zum Schützengräben Ausheben*, im zweiten zu Fuß bis an die Elbe gelangt, wo er sich mit den Amerikanern verbrüdert hatte. »Um nichts in der Welt lohnt es sich, Krieg zu führen! Nimm die Eisenbahn: Die befördert Menschen und Güter – da hat jeder was davon! Aber wem soll dein Atom-Bimbam nützen? Die ganze Steppe hat er schon leergefegt! Du triffst keine Rennmaus mehr an und keinen Fuchs!«

»Und die Männer kriegen keinen mehr hoch!«, tat Kepek einen unbegreiflichen Einwurf, worauf Shaken irgendwie beschämt den Blick senkte.

Einmal im späten Herbst nach so einem Hausarrest und dem daraus hervorgegangenen Zank fuhr Shaken in die Stadt und kam mit einem Fernsehapparat wieder. »Soll der euch doch belehren, wenn ich es schon nicht kann!«, verkündete er und stellte das Gerät dort auf, wo man es am besten sah.

Mit dem Einzug des Fernsehers in Shaken-Kökes Haus wanderte die Musiktruhe wie von selbst ins Haus von Großvater Daulet hinüber, und Erjan durfte Dean Reed ganz ungeniert für sich singen lassen. »Jashud bayılıp jeyürikova, jeyürikova, jeyürikova, jashud bayılıp jeyürikova buzgan zemlı-p naúa!*«, sang Erjan auf seine Art mit. »Lisa-lisa-lisa-lisabeth!«, stimmte Aysulu mit geröteten Wangen in beider Gesang ein. Außerdem aber waren ihre Tage jetzt säuberlich zweigeteilt: in den Tag, den man irgendwie hinter sich bringen musste mit Musik, Dean Reed, Durch-die-Steppe-Rennen, Ausflügen zu den Waggons auf dem Nebengleis, was immer – und in den Abend, dem sie entgegenfieberten, um endlich in den kleinen Fernseher zu versinken wie in einen Traum; sein magisches blaues Auge leuchtete in der früh hereinbrechenden Finsternis des Herbstes und bald schon des Winters. Es gab Trickfilme, Konzerte, Kino und Nachrichten, welch Letztere sich ankündigten durch eine Musik (Shaken wusste sogar, wie sie hieß: »Vorwärts die Zeit!«* – das sagte er so stolz, als hätte er sie selbst geschrieben), die Erjan und Aysulu wie aus dem Leben gegriffen vorkam. Sie verpassten nicht eine Sendung, hockten so lange vor dem Apparat, bis sie todmüde umkippten und auf den Teppich fielen.

Und einmal, in der Neujahrsrevue »Das blaue Licht«, erschien gar Dean Reed leibhaftig, sah genauso aus wie auf der Plattenhülle, groß, schlank und schön, und sang ausgerechnet Aysulus Lieblingslied von Lisa-lisa-lisa-Lisabeth – als hätte sie es bei ihm bestellt. Von da an band sich Erjan immer, bevor er zur Geige griff, um entweder Kogan oder Dean Reed nachzuspielen, Mutters schwarzes Seidentuch um den Hals, dass es wie ein Jabot aussah. Wie das von Dean Reed.

Und er wusste nun genau, wie er aussehen wollte, wenn er einmal groß war.

So sehr wollte Erjan einem Dean Reed gleichen, dass er nachts schon von sich träumte als Playboy mit üppigem Haar. Und beileibe nicht nur nachts!

Auch am Tage fantasierte er sich in diesen Amerikaner hinein, während er sich in seinen länger werdenden Schatten verguckte. Am besten nahm er dazu die Geige, hielt sie wie eine Gitarre vor sich hin und begann sich so zu drehen und zu winden, dass auch der Schatten auf der Erde nach der Musik zu tanzen anfing: »Shu-u yanı sıktım, sıktım, yanı tem, taydı idu, shu-u yıani sıktım, sıktım, shuyıani yani tem, taydy idou, u-uh, u-uh …*«

Er verschmolz mit dieser Traumgestalt in einem Maße, dass er beim versehentlichen Blick in den Spiegel der Mutter oder Großmutter über sein eigenes Gesicht erschrak, weil er für den Moment das Bild von der Plattenhülle darin zu sehen erwartete.

Dank Großvater Daulet hatte er seinerzeit Dombıra spielen gelernt, war dank Shaken-Köke zu seiner Geige gekommen und dank Kepek-Naǵashı zu seinem Lehrer Petko, dem wiederum er die Musik verdankte und Russisch und nicht zuletzt die Bekanntschaft mit Dean Reed; und nun hatte er es Dean Reed zu verdanken, dass er lesen lernte – denn er wollte alles wissen über diesen großen, schönen und glücklichen Mann. Shaken brachte daher öfter einmal eine Zeitung oder Zeitschrift aus der Stadt mit, mal den *Rowesnik* und mal den *Krugosor*, woraus Erjan sich Stück für Stück den Lebenslauf seines Idols zusammenbuchstabierte. Und als Petko Erjan, auf dem Kamel sitzend, »Maria, Maria, Maria« und »La Bam Bamba« singen hörte, erzählte er ihm mehr oder weniger alles, was er über Dean

Reed wusste; er war ihm sogar einmal im Moskauer Fernsehstudio begegnet. Erjan – im unvermeidlichen Beisein des blöden Kepek – ließ sich das Entzücken, das diese Berichte in ihm auslösten, kaum anmerken; der Großvater war ja schon eifersüchtig genug auf seine Geige. Petko wiederum – hätte er von Kepek erfahren, dass Erjan zu Hause manchmal den Bogen in die Ecke schmiss und die Geige als Gitarre gebrauchte, um mit seinem sich streckenden Schatten Dean Reed nahe zu sein – wäre bestimmt genauso eifersüchtig gewesen.

Von den Explosionen in der Zone abgesehen, über die Erjan nicht gern nachdachte, weil ihm davon im Bauch grummelte, war es vor allem ein Gedanke, der ihn plagte. Wenn er den endlosen Streitereien der Männer im Haus über den dritten Weltkrieg zu lange gefolgt war und deswegen nachts wieder einmal schlecht träumte von silbernen kleinen Fliegern, die sich urplötzlich in eiserne Adler verwandelten und auf ihn niederstürzten wie auf einen Fuchswelpen – wenn er all dies hinter sich hatte und schwitzend erwacht war, sich nicht zu bewegen traute, dachte er mit Entsetzen diesen einen Gedanken: Auf wessen Seite stand Dean Reed, »sein« Amerikaner?

Aber wem hätte Erjan von seinen Nachtmahren erzählen sollen? Lieber mimte er vor Petko und den anderen den braven Leonid-Kogan-Schüler.

»Wunderkind!*« Das Wort kam einmal aus Petkos Mund, als er Erjan mit verliebten Augen ansah – und wurde sein Spitzname, der ihm auf Dauer anhaften sollte. Erst benutzte ihn Kepek-Nağashı, von dem übernahm ihn schnell und gern auch Shaken-Köke – der selbstverständlich erst einmal zu bemerken hatte, dass man die Amis nun gewiss nicht bloß einholen, sondern überrunden würde, aber zweitens in der Lage war zu erklären, dass dieses Wort aus dem Allemannischen kam und etwas bedeutete. Bei dieser Gelegenheit lernte auch Großvater Daulet das Wort, wobei die Frauen es im Handumdrehen verhunzten, indem sie auf »buldur kimdir*« kamen. Erjan fand sich rasch mit dem neuen Namen ab, zumal man bei jeder sich bietenden Gelegenheit damit auftrumpfte – sei es, wenn Freund Tölegen mit dem Brotwagen kam oder irgendein Passagierzug vorübergehend auf dem Abstellgleis landete oder wenn der Revierpolizist oder der Bezirksarzt bei Petkos Bautrupp aufkreuzten. Unweigerlich in solchen Fällen rief dann irgendwer von den Erwachsenen das Wunderkind auf den Plan, Erjan schnappte seine Geige und flitzte hin, um eines von Paganinis Caprices oder den Frühling aus Vivaldis Jahreszeiten anzustimmen.

Und am Ende waren sich alle, die müßiggehenden Passagiere auf dem Abstellgleis ebenso wie die respektheischenden Amtspersonen und der gute alte Onkel Tölegen, einig: »Ein Wunderkind!«

Nach diesen Auftritten war vor allem Onkel Shaken immer Feuer und Flamme: »Der Junge gehört ins Konservatorium!«, rief er. »Ich nehm' Urlaub und fahr mit ihm nach Alma Ata!« Die Ankündigung versetzte Erjan in Panik: Anfangs meinte er, man wolle ihn als Wunderkind in eine Art Konservenbüchse sperren – der Name war nicht anders zu deuten; und selbst als Shaken ihm auseinandergesetzt hatte, worum es ging, war der Schreck nicht geringer. Noch vom letzten Mal, als Großvater Daulet ihn in die Stadt zu bringen beschlossen hatte und sie stattdessen das Weltende erlebten, war Erjan hinreichend bedient. Anscheinend hielten auch die übrigen Männer nicht viel davon. Der Großvater winkte gleich ab. »Soll er erst mal in die Schule kommen – dann legt sich das von allein« – als ginge es um einen Schnupfen. Kepeks Abwinken kam von der anderen Seite: »Einen Besseren als Petko findest du sowieso nicht. Die Grauköpfe da klimpern eh nur auf der Dombıra, dagegen Petko, auch wenn er homo ist, hat bei Oistrach gelernt!« Und wann immer eine Dombıra oder Geige im Fernsehen auftauchte, meinte er: »Guck dir's an! Mein Jiyen spielt doch hundertmal besser als diese Hohlkörper! Denken, weil sie zwei Saiten auf dem Besenstiel haben, wären sie sonst was für Künstler!« Das brachte nun wieder den Großvater auf die Palme, was an seiner Einstellung jedoch nichts änderte.

An dieser Stelle der Diskussion war Erjan aber meist schon längst von Großmutter Ulbarsın nach nebenan gerufen worden. »Ey, buldur kimdir, komm rüber und knet mir meine Beulen!« Sie hätte ihren geliebten kleinen Masseur sowieso nirgendwohin ziehen lassen.

Mit sieben ging Erjan zur Schule. »Ging« war allerdings leichter gesagt als getan. Die Schule befand sich in einer Siedlung in sieben Kilometer Entfernung von Qara-Shaǵan. Zur Schule gehen hieß, sieben Kilometer hin zu laufen und sieben Kilometer zurück. Zu allem Überfluss nötigte der Großvater ihn auch noch bei einem der ersten Male, die Geige über die eine Schulter und die Dombıra über die andere zu hängen, um in der Schule, nachdem die Lehrer ihre Klassen in der Turnhalle hatten Aufstellung nehmen lassen, gleich eine Kostprobe auf beiden Instrumenten abgeben zu können. Danach verstand es sich von selbst, dass sein häuslicher Spitzname auch zur Schule hin durchsickerte. Wobei aus dem »Wunderkind«, wie gang und gäbe, sehr bald ein kurzes und schmerzloses »Wundi« wurde. Immer wenn irgendwelche Hospitanten vom Bezirk auftauchten oder eine Elternversammlung anstand, und sowieso bei jedem Festappell musste Wundi entweder Qurmanǵazı* oder Tschaikowski spielen.

Als kurz darauf der Winter Einzug hielt, hungrige Wölfe und Schakale heulend durch die Steppe schnürten, brachte ihn der Großvater mit dem Pferd zur Schule, und während Erjan unter seinen Altersgenossen in der Klasse saß und langsam auftaute, hockte Daulet-Temirjol in der Eisenbahnerkantine. Was ihm aber bald zu viel wurde; also teilte er dem Schuldirektor mit, sein Enkelsohn würde den Rest des Winters zu Hause bleiben. Und so geschah es: Erjan war mit Heften und Stiften und seiner Geige wieder auf sich gestellt.

Zu dieser Zeit, an den langen Winterabenden, während Großmutter Ulbarsın unter der Lampe Kamelwolle zum Spinnen sortierte, lernte Erjan aus dem Kopf zu zeichnen, was ihm einfiel: alles, was er bislang in seinem kurzen Leben gesehen hatte. Außerdem brachte er seiner Aysulu Lesen und Schreiben bei, und als auch sie im darauffolgenden Sommer in die Schule kam, wurde sie schnell zur Klassenbesten, weil sie schon intus hatte, was andere, weniger wissbegierige Kinder gerade erst zu kapieren suchten.

Und Onkel Shaken übernahm es, die beiden auf dem Kamelrücken, im engen Zwischenraum zwischen den zwei Höckern, zur Schule zu bringen. War er im Dienst, die Amis einzuholen und zu überrunden, setzte Großvater Daulet sie auf den Esel und gab anfangs Aysulu einen trockenen Maiskolben mit, damit sie immer mal ein Korn fallen ließ: So könnt ihr euch nicht verirren, behauptete er. Wenn nämlich doch, setzen wir die Hühner auf eure Fährte, die finden euch dann, fügte der Großvater listig an. Aber sowieso hätten sie sich schwerlich verirren können, da der Weg ja die ganze Zeit an der Eisenbahnstrecke entlangführte. Außerdem mahnte der Großvater sie, darauf zu achten, dass die Sonne ihnen morgens von rechts ins Gesicht scheinen musste und abends auf dem Heimweg wieder von rechts.

Aysulu klammerte sich an Erjans magere Schultern, und sie ritten los, mal mit dem Wind und mal gegen ihn, trotz Sandsturm und Windhose, wenn es drauf ankam, und warfen die erste Zeit mit Maiskörnern um sich. Natürlich hatten Lerchen und Blauracken die Körner im Nu weggepickt. Und die Sonne verbarg sich mit Vorliebe hinter den ungestümen Herbstwolken …

Aber einmal, als sie zur Schule ritten, es war ein sonniger Herbsttag und eben hatte Aysulu aus purer Freude eins der Lieder von Dean Reed in Erjans Ohr gesungen, las ihr Eselchen einen Kohlstrunk auf, den jemand aus dem Zugfenster geworfen hatte, und anstatt ihn gemütlich zu zerkauen und dafür am besten stehen zu bleiben, wie er es tat, wenn er seine Notdurft verrichtete, fiel es dem Esel ein, den Strunk zu verschlingen, im Ganzen und im Gehen, worauf er prompt zu würgen anfing. Plötzlich schlug er aus und warf die Reiter ab; zuerst flog die singende Aysulu herunter, dann auf der anderen Seite Erjan; der Esel zuckte und röchelte, warf den Kopf hin und her. Wutentbrannt sprang Erjan auf und wollte auf den Esel losgehen, ihn schlagen – aber dann sah er den Schaum, der ihm aus dem Maul kam, und erschrak zutiefst. Der Esel ließ ihn nicht zu sich heran, schlug aus, peitschte mit dem Schwanz, fletschte das Gebiss und röchelte ganz grässlich. »Ustasenshi!«, rief Erjan, halt ihn, und die kleine Aysulu schmiss die Schultasche zur Seite, warf sich auf die Zügel und packte sie, zerrte den Kopf des Esels nach unten. Im nächsten Moment riss Erjan ihm den Rachen auseinander und schob den Arm durch den blasigen Schleim bis zum Ellbogen hinein, um die Finger in den Strunk zu krallen und ihn mit aller Kraft herauszuzerren. Der Esel jaulte auf und verbiss sich in Erjans Arm; der brüllte und fluchte wie ein Großer: »Shesheñdi amına sigeyin!*« – aber vom Strunk ließ er nicht ab, zerrte ihn tatsächlich mit blutiger Hand aus dem Rachen – und knallte ihn dem Esel zwischen die Augen. »I-ah! I-aaa! I-a-aa-ah!« brüllte der Esel dankbar, wenn auch beleidigt, aus voller Brust, denn das konnte er nun wieder – und auf einmal zeigte auch Aysulu, dass sie keifen konnte wie ein altes Weib: »Ölip Ketpeysinba! Hayuan! Saǵan ne dedim?*« – riss sich ohne viel Umstände das Tuch vom Kopf und verband damit straff Erjans Wunde, nicht ohne ihm zuvor das Blut vom Arm geleckt zu haben …

Die Schule haben sie an dem Tag beide geschwänzt.

Vom alltäglichen Leben, vor der Schule und danach, wäre jedoch ebenso zu reden. Tezek* an den Rückwänden beider Häuser stapeln zum Beispiel: Brennstoff für den Winter. Oder Beute machen an Güterzügen, die auf dem Nebengleis rasteten. Irgendwo an den mit Kohle gefüllten Waggons, an Seitenwänden oder in Radkästen, hing immer ein bisschen Kohlegrus oder -staub fest, der sich herauskehren ließ, sodass am Ende ein Säckchen zusammenkam. Oder an den Plattenwagen war eine Seitenplanke locker, als Brennholz oder Baumaterial zu gebrauchen … All dies taten Aysulu und er gemeinsam, und es machte das Glück ihrer Kindheit aus. Am schönsten war es, wenn einmal ein Personenzug auf dem Nebengleis stand, der hier zu warten hatte, bis ein wichtiger Sondertransport durchkam, und man durfte den Passagieren heißes Wasser und Qurt bringen und bei der Gelegenheit vielleicht noch etwas auf der Dombıra vorspielen. Dann ließen die Leute – Stadtmenschen aus unbekannten Gegenden: Sarten* mit Goldzähnen, Urussen* mit gelbem Haar, Roma in roten Blusen – ein paar nagelneue Münzen oder Rubelscheine springen, manchmal auch ein Bonbon oder ein Täfelchen Schokolade oder irgendein putziges städtisches Ding, von dem man nicht wusste, wozu es gut war. Während sie die erarbeiteten Süßigkeiten halbe-halbe miteinander teilten, überließ Erjan seiner Freundin großzügig all den Glitzerkram, von dem sie schon etliche Kästchen und Schächtelchen voll hatte: Lippenstifte, Komsomol- und Pionierabzeichen, einen Kugelschreiber, einen Schlüsselanhänger, sogar eine riesige Sonnenbrille war dabei.

Personenzüge waren freilich die Ausnahme, viel häufiger kamen Güterzüge zum Stehen – mit Zement oder Baumstämmen, von denen man die Rinde abziehen konnte, Sand oder Tonerde, die man als Kaugummi probieren konnte, wenn man keinen Teer hatte.*

Worauf man sich hingegen verlassen konnte, war, dass einmal die Woche Onkel Tölegens Waggon an irgendeinem Güterzug hing, der dann an jeder Bahnstation hielt und das Bahnerbrot anlieferte, in seltenen Fällen auch Mehl zum Fladenbacken, Zucker, Salz und gepressten Tee. Aber da gingen die Erwachsenen selbst hin.

Auch zu Petko ritten sie nun zu zweien allein – von Kepek strengstens instruiert, einander keinen Augenblick aus den Augen zu lassen. Ungünstigerweise befand sich Petkos Bautrupp in ganz anderer Richtung als die Schule; Haus, Schule und Petko bildeten sozusagen ein gleichseitiges Dreieck. Einmal im Herbst nach dem üblichen Fahnenappell, wo anstelle von Trommel und Fanfare Erjan den Türkischen Marsch von Mozart spielte, kamen sie auf die Idee, nicht erst nach Hause, sondern gleich zu Petko zu reiten; den direkten Weg dorthin kannten sie noch nicht. Erjan behalf sich mit Großvaters Methode und kam schnell darauf, dass die Sonne, wenn sie auf dem Schulweg und zurück von rechts schien, ihnen nunmehr »in den Arsch leuchten« musste, um es mit einem Spruch von Kepek-Naǵashı zu sagen. Vor der Steppe war ihnen nicht bange, erst recht nicht auf dem Rücken des Esels, wo einem keine Schlange und keine Giftspinne etwas anhaben konnte, kein Fuchs und kein Milan wagte sich vor seine Hufe. Flaches Land dehnte sich um sie her wie ein weit offenes Auge, das stumm ihren Weg verfolgte – und noch eines, hell und scharf, schaute von oben herab nach dem Rechten. Hie und da lag ein Hügelgrab als kleiner schwarzer Fleck am Horizont und bot einen Anhaltspunkt. Komisch nur, als einer dieser Flecken sich sachte zu bewegen schien – und Erjan begriff schnell, dass es ein Wolf war. An seinem Verhalten ließ sich erkennen, dass er auf Beute lauerte. Ein Einzelgänger auf Jagd, um sich Winterspeck anzulegen. Erjan zog die Jacke seiner Schuluniform aus, knotete sie sich um die Hand und peitschte mit ihr wie wild auf den Esel ein, trieb ihn an, brüllte dazu aus Leibeskräften. Aysulu musste er nichts erklären, sie tat es ihm nach, wedelte mit ihrem Pullover, traktierte den Esel damit, kreischte, dass Erjan die Ohren gellten. Darauf war der Wolf nicht gefasst und ergriff die Flucht. Er floh in dieselbe Richtung, in die auch der Esel galoppierte, es sah aus, als verfolgten sie ihn. So ging das eine halbe Stunde, bis der Wolf auf einmal verschwand und sie die Bagger und Bauwagen vor sich sahen: Sie waren wohlbehalten am Ziel angelangt.

Petko erzählten sie nichts von ihrem Abenteuer, und sowieso vergaßen sie das Geschehene schnell, denn während der langen Doppelstunde (in der Petko Erjan zeigte, was es zu zeigen gab, und dieser die Instruktionen postwendend an Aysulu, die weder Russisch noch Noten lesen konnte, weitergab, was Petko wohl ein bisschen auf die Nerven fiel) zog ein Gewitter auf; am Ende ging ein solcher Regen nieder, blitzte und donnerte es so gewaltig, dass ihnen die Lust am Geigenspiel verging, außerdem mussten sie den Esel in den Wagen bugsieren, der sich vor Grausen die Seele aus dem Leib schrie und kackte und bibberte bis ins letzte Härchen seines Stummelschwanzes hinein.

Regen und Gewitter wollten einfach nicht enden, ringsum war es stockfinster, und natürlich konnte vom Heimweg keine Rede sein. An diesem Abend verpassten sie also ihr obligatorisches Fernsehvergnügen und übernachteten in Petkos Wägelchen.

Später, als Aysulu in einem Bett mit Erjan schlief und dieser noch mit Sorge auf das Tosen des Windes und den aufs Wagendach prasselnden Regen lauschte, spürte er plötzlich jemandes Blick; er wandte sich um und sah Petko hinter dem Bett stehen. Zwar war es so finster, dass man die Hand vor Augen nicht sah, aber Petkos glühenden Blick konnte Erjan spüren. Der wiederum spürte offenbar, dass der Junge zurückschaute, und schien verlegen, zog umständlich die herabgerutschte Decke zurecht. Erjan lag wie gelähmt, wusste nicht, was ihn erwartete, und natürlich fürchtete er weniger um sich als um Aysulu. Sein Herz klopfte. Petko mit seinem feinen musikalischen Gehör vernahm dieses dumpfe Klopfen kindlicher Angst, er setzte sich mit dem Rücken gegen die Bettkante, strich Erjan über den Kopf und sagte: »Schlaf, hab keine Angst, ich bin ja hier ... Möchtest du, dass ich dir ein Märchen erzähle?«, schlug er vor. »Vom Ewigen Jungen?« Und ohne die Antwort abzuwarten, begann er flüsternd auf das Bett hinab zu erzählen:

»Vor langer, langer Zeit lebte einmal ein Junge, der hieß Wolfgang. Weißt du, was der Name bedeutet? Ein Wolf, der geht.« (Erjan durchzuckte es: Hatte der schlaue Petko etwas mit dem Wolf in der Steppe zu tun? Ihn womöglich geschickt?) »Dieser Junge war ein unerhörtes musikalisches Talent, er hätte mit verbundenen Augen jedes beliebige Instrument spielen können. Eines Nachts fand Wolfgang keinen Schlaf, schaute in die Sterne und suchte sich dort die Noten für seine Musik zusammen. Da kam auf einmal der silbergesichtige Mond vom Himmel herabgerollt, fing vor ihm zu tanzen an, lockte ihn mit seinem Tanz hinter sich her auf die Straße, über den kleinen Fluss, bis an einen See. Die Musik zu diesem Tanz war so betörend, dass er ihr unentwegt folgte, er lief und lief, ohne sich zu besinnen, ohne sich dagegen wehren zu können. Schließlich stand er vor dem See, zu dem der Mond ihn tanzend und singend geführt hatte; jetzt ging der Mond über den See, und der Junge ging hinter ihm her. Aber wo der Mond nur eine schüttere silberne Spur aus zauberhaften Klängen auf dem Spiegel des Sees hinterließ, sank der Junge, je weiter er ging, immer tiefer ins Wasser ein. Seine schwerelose Seele wäre dem Mond wohl gern hinterdrein geschwebt, doch der Körper, gekettet an die irdischen Wolfspfade, lief weiter und sank. Immer dumpfer wurde die Musik, immer dichter und undurchdringlicher umschloss ihn das Wasser von allen Seiten. Bis der Silberfaden der Musik schließlich abriss. Der Junge war auf Grund gegangen, ihn umgab der tonlose Schlick, füllte ihm die Ohren, füllte ihm den Leib, und im letzten Ausatmen heulte der Junge wie ein Wolf...

Wer den Jungen gerettet hat, ob Menschen, Elfen oder Feen, ist nicht gewiss. Der Junge lebte weiter und wuchs heran, doch die Seele ist in jener Nacht, an jenem See geblieben, auf immer und ewig verzaubert vom Mond, seiner silbernen Spur, die aus reiner Musik bestand ... Du kommst mir vor wie dieser ewige Junge«, so flüsterte Petko – oder träumte Erjan das schon, und es war das Rauschen des silbernen Regens vor dem Fenster, das dieses schöne und schreckliche Märchen zu Ende erzählte?

Am nächsten Morgen hatte das Gewitter aufgehört, doch es regnete weiter, und die Steppe war so aufgeweicht, dass kein Esel auch nur zwei Schritte vorangekommen wäre. Da auch für Petko die Arbeit bei solchem Wetter ruhen musste, wandten sie sich nach dem Frühstück wieder der Geige, Bohm und Händel, zu.

Der Tag verging wie im Flug, der Abend nahte, doch der Regen hörte nicht auf. Und woher hätten sie wissen sollen, dass Großvater Daulet, der seinen Dienst an der Strecke Kepek überlassen hatte, und Shaken-Köke, der in Sorge um seine einzige Tochter beinahe den Verstand verlor, trotz des Unwetters die ganze Zeit auf Pferd und Kamel durch die Gegend ritten, vergeblich bei Erjans und Aysulus Klassenkameraden aufkreuzten, ihre Kinder nirgendwo fanden ...

Als diese am dritten Tag auf dem ausgeschlafenen, munter dahertippelnden Esel unter reuiger Sonne zu Hause ankamen, wurde die eine freudig in die Arme geschlossen, der andere mit der Knute empfangen ... Und Kepek stellte beiden merkwürdige, bohrende Fragen.

Nach dem zweiten Schulwinter, in dem die beiden an besonders stürmischen Tagen zu Hause blieben und Erjan Aysulu Unterricht in Musik, Rechnen und Schreiben gab, fiel ihm plötzlich ein, dass er bloß in der zweiten Klasse sitzenbleiben musste, damit Aysulu ihn einholen und sie beide ein Leben lang in einer Bank sitzen konnten. Und obgleich Erjan nicht nur beim Musizieren, sondern auch in Schreiben, Rechnen und Zeichnen der Klassenbeste war, ließ er im Frühling urplötzlich die Zügel schleifen: Vergaß öfter die Schulbücher zu Hause, erledigte, angeblich der Musik wegen, seine Hausaufgaben nicht mehr oder fabrizierte Kleckse im Schönschreibheft.

Die Lehrer unternahmen einige Versuche, die Eltern in die Schule zu bestellen, doch Erjan gab die Vorladungen einfach nicht weiter, weil er wusste, die Lehrer würden wohl kaum den Weg von zweimal sieben Kilometern auf sich nehmen, um sich bei einem Hausbesuch über seine Leistungen zu beschweren. Kurzum, er wurde tatsächlich nicht in die nächste Klasse versetzt.

Als der Großvater davon erfuhr, wollte er die Knute gegen den Enkel erheben, die dieser schon kannte, doch setzte die Großmutter sich für ihn ein: Der arme Junge sei einfach überfordert von der vielen Musik. Sicherheitshalber ließ sie ihn für ein paar Tage nach nebenan zu Sholpan-Sheshe umziehen. Die lamentierte erst ein wenig herum, kam aber dann auf die Idee zu sagen, solange ihr Shaken im Dienst sei, könne Erjan getrost den Mann im Haus abgeben, und beruhigte sich ob dieser Vorstellung.

Wissen muss man, dass ihnen für gewöhnlich Kepek beim Wirtschaften zur Hand ging, wenn Shaken außer Haus war. Nun war es also Erjan, der die gemeinsame Herde durch die dröhnende Hitze zur Schlucht trieb. Zwar war der Fluss dort den Sommer über versiegt, doch die Schafe fanden hie und da zwischen Sand und Steinen ein Hirsehälmchen, oder sie wälzten mit den Hörnern einen Stein herum und leckten die Restfeuchte von den Unterseiten.

Die nackte, erbarmungslose Sonne hämmerte auf den Schädel, weder die dürre, leblos erscheinende Tamariske noch der krummarmige Saxaul konnten dem Gesicht, geschweige dem ganzen Kopf Schutz bieten. Erjan band sich das Hemd um den Kopf und überließ den übrigen Körper der Sonne zum Grillen. Wenn es gar nicht mehr zu ertragen war, begoss er seine Haut sorgfältig mit dem heiß gewordenen Wasser aus Shakens Feldflasche, und dann kam es vor, dass ihm eine Kuh oder ein dummes Schaf mit rauer Zunge die Nässe von der Haut leckte, die davon etwas weniger juckte.

Kehrte er dann abends verschmurgelt wieder in Sholpan-Sheshes Haus ein, schmierten sie und ihre Enkelin ihm abwechselnd Sauermilch auf Brust und Rücken. Unter Aysulus kleinen Händen kehrten die Lebensgeister in seinen Körper zurück …

Er kam also noch einmal in Klasse zwei und saß nunmehr mit Aysulu in derselben Bank. Gemeinsam lernten sie und wetteiferten um beste Noten. Die Lehrer konnten sich nicht genug darüber freuen, zumal sie meinten, hierin die Früchte der Patenschaft zu sehen, die die vorbildliche Schülerin

Aysulu dem Sitzenbleiber angedeihen ließ. Wer konnte ahnen, dass nicht Aysulu, sondern Erjan bei allen Schulaufgaben die Feder führte; er zeichnete, was zu zeichnen war, in zwei Exemplaren und überließ Aysulu das bessere, behielt die Rohzeichnung für sich; er löste für sie die schwierigen Rechenaufgaben und sagte ihr bei den Diktaten die Rechtschreibung vor. Und auch sonst ließ er, der um ein Jahr größer und kräftiger war als das zarte Geschöpf, nichts auf sie kommen und trat für sie ein, wann immer es nötig war.

Einmal während des Mutterspracheunterrichts begannen plötzlich die Fenster im Klassenraum zu klirren, die Schulbänke machten sich selbstständig, und die schwarze Tafel fiel mit Getöse von der Wand, auf die zu Tode erschrockene Lehrerin, die hinkende Frau Qımbat, herab. Erjan sprang ihr bei, zog sie unter der Tafel hervor und hieß sie bis unter den Türrahmen humpeln, wie die Instruktion es vorschrieb, befahl allen anderen, unter ihre Bänke zu kriechen; selbst aber schlug er ein immer noch zitterndes Fenster ein, wobei er sich eine Schnittwunde zuzog, und hievte seine Aysulu ins Freie.

Das Dröhnen in der Erde wiederholte sich, gefolgt nach einiger Zeit von einem brausenden Zugwind, der die Ziegel vom Schuldach fegte. Dann trat eine bedrückende Stille ein. Kein Schaf blökte, kein Hund bellte, kein Esel schrie, und selbst die allgegenwärtigen Fliegen, die einem ums Ohr surren, fehlten. Nur Aysulu, das Gesicht staubverschmiert, flüsterte ihr Gebet ...

Noch im selben Herbst organisierte Aysulus Vater, Shaken-Köke, einen Klassenausflug in das Atomstädtchen, in dem er Dienst tat. Die Fahrt mit dem Bus über die löchrigen, staubigen Straßen dauerte einen ganzen Tag. Abends kamen sie an, übernachteten in der Schulturnhalle, und am Morgen wurden sie, frisch gewaschen, vom Staub des Weges befreit, durch den sogenannten Versuchsreaktor geführt. Gut, in den Reaktor selbst durften sie nicht, aber im Traditionskabinett des Betriebes spielten Erjan und Aysulu für die Angestellten die vorgesehenen Stücke, darunter sogar ein Duett, dann bekamen sie einen Film über die friedliche Nutzung der Kernenergie gezeigt, wobei diejenigen, die nie zuvor im Kino gewesen waren, bei jedem Geräusch und jedem neuen Filmbild das Fürchten bekamen. Dann hielt Onkel Shaken, wie die anderen Angestellten in weißem Kittel und weißer Mütze, eine kurze Rede, worin er zunächst verkündete, dies sei der Ort, wo alles dafür getan werde, die Amerikaner nicht nur einzuholen, sondern zu überrunden, um anschließend unter Zuhilfenahme allerlei bunter, auf dickem Draht sitzender, zu Trauben formierter Kugeln das Prinzip der Kettenreaktion zu erläutern. Er nahm eine Kugel aus der einen Traube, schlug mit ihr eine ebensolche aus der anderen Traube heraus und setzte sie an deren Stelle. Hatten sie wirklich so weit fahren müssen, damit ihnen einer das Schiebefax-Spiel erklärte?, dachte sich

Erjan. Aysulu machte um so größere Augen und sperrte die Ohren auf, damit ihr ja nichts entging von dem, was ihr Vater sagte und vorführte, dazu stellte sie auch Fragen, wobei sie den Vater siezte wie einen Fremden und mit Shaken Nurpeyissowitsch ansprach.

Dann wurde noch ein Film über eine Atomexplosion gezeigt, und hinterher auf dem Spielplatz lernten sie, wie man sich bei einem Test richtig verhält und wie man im Fall der Notwendigkeit eine Gasmaske gebraucht. Das war ein Riesenspaß! Die Kinder zogen sich die Masken übers Gesicht und rasten über den Spielplatz, keiner erkannte den anderen. Bis auf einmal eine Gestalt unter ihnen auftauchte, die nicht nur eine Gasmaske, sondern einen Gummianzug trug. Das Ungetüm bewegte sich anders als ein Mensch – und das gerade auf Aysulu zu, packte sie mit seinen Zangenpfoten. Erjan hörte sie durch die Maske hindurch brüllen, stürzte zu ihr und wollte sie verteidigen. In dem Moment warf der Mann seinen Helm ab, und es war Onkel Shaken, der sich totlachte. Erjan war außer sich, konnte sich lange nicht beruhigen.

Gegen Abend fuhr Shaken-Köke sie noch zum Toten See, der aus der Zündung einer Atombombe hervorgegangen war. Er enthielt sogenanntes »schweres Wasser«, das zu trinken oder auch nur zu berühren streng verboten war. Der Anblick märchenhaft schön: inmitten der flachen Steppe ein türkisblauer See, in dem sich jedes Wölkchen, so selten eines daherkam, spiegelte, denn das Wasser war tatsächlich spiegelglatt, keine Bewegung darin, nicht der geringste Kräusel oder Wellenschlag – wie Glas, darin der sanfte Widerschein der Kindergesichter, die ihm auf den Grund zu spähen suchten: Vielleicht gab es in dem Märchengewässer ja einen Zauberfisch oder irgendein anderes Wundertier …

Irgendwann wurde Shaken-Köke vom Busfahrer gerufen, der entdeckt hatte, dass einer seiner Reifen platt war. Shaken ernannte Erjan zum Gruppenältesten und eilte zum Bus, um dem Fahrer beim Aufbocken zu helfen.

Die Kinder blieben allein. Und in diesem Moment geschah es, dass Erjan von der Fülle des Lebens mitgerissen wurde: die endlos weite Steppe, der grenzenlose Himmel, das bodenlose Wasser und die stille Aysulu neben ihm, dazu sein eigener Schatten, beinahe so lang wie der von Dean Reed. Dieses Gefühl der Unermesslichkeit nahm von ihm bis in die letzte Faser seines Körpers hinein Besitz, er musste etwas tun – riss sich Trikot und Hose vom Leib und sprang vor aller Augen in den verbotenen See, planschte ein bisschen darin herum und kam wieder heraus. Alle staunten ihn an, halb bestürzt, halb anerkennend, am allermeisten Aysulu – sahen, wie er sich schüttelte und, als wäre nichts geschehen, in seine Segeltuchhosen und das chinesische Fußballtrikot fuhr.

Dass keiner petzte, versteht sich. Doch alle erinnerten sich noch lange an diese überraschende Eskapade.

Zweiter Teil

Der Zug rauschte durch die Steppe wie Erjans Bericht: unbeirrt, unaufhaltsam, ohne zu stocken. Und beide hatten sie nichts Bitteres an sich, nicht jene Form von Melancholie, wie alte Züge mit dampfenden Loks und kratziger Luft in den hinteren Waggons sie erwecken. Nein, das hier war eine Diesellok, sie fuhr zügig und ohne Schnaufen, kam selten zum Stehen.

Die nächsten zwei, drei Jahre in Erjans Leben ging scheinbar alles seinen Gang: Schule im Herbst, dann grimmiger Winter, wenn der Schnee die Tür des Hauses zuwehte und ihnen nichts weiter übrig blieb, als Tag und Nacht abwechselnd Geige und Dombıra zu spielen. Manchmal musste Erjan aus dem Seitenfenster klettern, um mit der bahneigenen Schaufel – es gab nur die eine – einen Weg durch die Schneewehen zu buddeln.

Aber auf den Musikwinter, so beschwerlich er war, folgte ein Frühling, wo sich die Musik aus seinem Innersten, aus der Tiefe des Zimmers nach draußen entladen wollte. Ergeben folgten er und Aysulu diesem Drang, ritten auf dem Esel erst einmal nicht in die Schule, sondern zu den Hügeln hinüber, wo Felder rotblühender wilder Tulpen sich wiegten wie Noten im Morgenrot.

An selber Stelle waren auch die ersten aufflammenden Anzeichen des Sommers zu erwarten – in dem gottlob keine Schule mehr war, sondern nur noch Musik, von den Hirtendiensten abgesehen und dem tagtäglichen Schmerz, einander loszulassen: Schließlich konnte er die dünnhäutige Aysulu nicht mit in diese glühende Hitze nehmen!

Das Andere, das da allezeit im Bauch grummelte, konnte mitten am Tag, in der größten Hitze zum Ausbruch kommen: dass die Schafe plötzlich wie besengt losblökten und in alle Richtungen auseinanderstoben, die Rinder ihre Hörner in die Erde stießen und der Esel kreischend um sich zu kreiseln anfing. Dann ging dieses Dröhnen durch den Boden, auf einmal zitterten einem die Beine, der übrige Körper zitterte mit, die Angst stieg von den bebenden Knien aufwärts ins Sonnengeflecht, igelte sich dort ein als ein schweres Knäuel – bis der Himmel über dem Kopf ausschlug, aufglühte und zerbarst, dich niederdrückte in den Staub, den Sand, zuckendes Fell, und ein schwarzer Wirbelsturm ging wild heulend über dich hinweg ...

Es konnte im Winter geschehen, konnte in der Nacht geschehen, konnte im Herbst geschehen, konnte morgens geschehen, es konnte auf einen Ton geschehen oder auf eine Pause – regellos, ohne Vorwarnung, jede Minute.

Und noch etwas geschah. Erjan war zwölf und Aysulu elf. Sie gingen in die fünfte Klasse, als zuerst die Mädchen in Erjans Klasse nach den langen Winterferien und dann auch die Jungen ihm über den Kopf wuchsen. Dabei war er doch ein Jahr älter als sie und immer der Größte und Stärkste gewesen! Anfangs fiel es noch nicht sehr auf – und dass

Serik und Berik auf einmal so in die Länge schossen, machte sie nicht klüger! Als aber auch Aysulu, sein kleines Sululein, sein zartes Schwälbchen ihn überflügelte, da bekam Erjan ein ungutes Gefühl. Ebenjene Angst, die immer als Zittern in den Knien begann und als hartes Knäuel im Sonnengeflecht endete, schien jetzt erstmals weiter nach oben zu steigen – bis in den Hals, in die Kehle hinein. Fraß sich dort fest, ließ nicht zu, dass der Körper darüber hinauswuchs ...

Beharrlich streckte Erjan sich am Türpfosten; weil er wusste, dass Basketballer besonders lang wurden, nagelte er einen rostigen alten Felgenreifen an die Rückwand des Hauses und machte dort, statt Geige zu üben – und so, dass es keiner sah – Sprungübungen, bei denen er einen zusammengeknüllten Lappen oder ein Knäuel Kamelwolle in den Ring warf. Nachts im Bett dehnte er sich ausgiebig, stellte sich vor, am Morgen als Dean Reed aufzuwachen. Doch er wuchs nicht mehr.

Und das fiel bald auch den anderen auf. Großmutter Ulbarsın fütterte ihn bei jeder Gelegenheit mit der Leber einjähriger Osterlämmer, während Großvater Daulet bei seinem Freund Tölegen, dem Lieferanten von Brot und anderen Lebensmitteln, frische Möhren aus der Stadt bestellte, und auch Sulchens Vater, Onkel Shaken, sorgte sich und brachte von seiner Dienststelle Lebertran mit, eine ausgesuchte Scheußlichkeit, die Erjan übelriechend aufstieß – zum Wachsen brachten ihn alle drei Gaben nicht.

Er ließ die Musik sein, zumal Petko in sein Bulgarien verreist war, angeblich war ein naher Verwandter gestorben; den ganzen Sommer tauchte Erjan mit seiner Herde in den Schluchten nahe der Zone unter, wo er sich tagelang nackt der sengenden Sonne aussetzte, aber auch die half nicht.

Bis er einmal von einem Skorpion oder einer Solifuga gebissen und mehr tot als lebendig von seinem treuen und gehorsamen Esel nach Hause getragen wurde …

Am darauffolgenden ersten September ging Erjan nicht zur Schule. Onkel Shaken ritt mit der festlich herausgeputzten Sulu allein hin. Am zweiten, Shaken war planmäßig zum Dienst gefahren, konnten die beiden Großmütter ihn überreden, dass er Aysulu an Shakens Stelle wenigstens bis zur Schultür brachte, wenn er schon nicht hineingehen wollte. Was der Großvater freilich anders sah: Er solle sich ja nicht wieder blicken lassen, ohne am Unterricht teilgenommen zu haben, wetterte er. Erjan lehnte es ab, sich zu der ihn überragenden Aysulu auf den Esel zu setzen, trottete im Abstand hinterher. Und nicht Dean Reed klang durch die herbstlich stille Steppe, Sulu sang ein schwermütiges Lied von Abai*, welcher einstmals in dieser Gegend gelebt:

Qulaqtan kirip boydı alar,
Jaqsy än men tätti küy,

Köñilge türli oy salar,
Ändi süyseñ menshe süy.

Düniye oydan shığadı,
Özimdi özim umıtıp.
Köñilim ändi uğadı,
Jüregim boydı jılıtıp …

Es geht ins Ohr, ergreift den Leib
ein Lied, ganz inniglich.
Legt in die Seele manch Gefühl:
Kannst du, lieb es wie ich.

Zurück tritt der Gedanken Welt,
und du wächst himmelwärts.
Die Seele kann das Lied verstehen,
den Rücken wärmt das Herz …

Allein das Wort vom Wachsen drang an Erjans Ohr, und es versetzte ihm einen schmerzhaften Stich.

An dem Tag saß er dann doch alle Schulstunden ab, aber in der hintersten Bank, allein, ging in keiner Pause nach draußen und stellte sich schlafend, wenn Sulu ans Fenster kam. Nach dem Unterricht trottete Erjan wieder nach Hause, diesmal dem Esel voraus, ohne sich ein einziges Mal nach der stumm und betrübt einherreitenden Aysulu umzublicken.

In ihm tobte ein Widerstreit der Gefühle: Einerseits hätte er Sulu gern die Versicherung abgenommen, dass sie ihn und nur ihn lieben würde, was immer geschähe, ihn und keinen anderen heiraten, so wie sie es sich als Kinder versprochen. Andererseits sah er, dass sie ihn bereits um einen halben Kopf überragte, und wenn das so weiterging ... er mochte nicht daran denken. Es war nicht die gewöhnliche Angst, die ihn ergriff; es war die helle Wut. Er hätte sich umbringen mögen – und sie gleich mit, die da so aufrecht auf diesem blöden, großmäuligen Esel saß, und diese Eisenbahn in die Luft sprengen, diese Steppe, die Erde, den Himmel ...

In solcher Geistesverfassung ging er wohl noch zwei, drei Wochen zur Schule, vielleicht auch länger – etwas Unausweichlichem entgegensehend, das einzugestehen er sich scheute; doch die Kinder um ihn her, so schien es, wuchsen von Tag zu Tag, nein, von Stunde zu Stunde, und am meisten Aysulu, die vor seinen Augen zu einer Schönheit heranreifte. Alle, Mädchen und Jungen, umschwirrten sie wie die Sterne am Himmel den Vollmond, und einzig Erjan, mit einem Gesicht wie grauer Staub, saß in den Pausen in der Ecke, den schweren Kopf auf der Bank, spähte allenfalls von unten her nach dem Lächeln auf ihrem Gesicht, sah die Freude irgendeines Serik oder Berik, der damit beschenkt wurde.

Ich bring sie um! Nein, mich!, hämmerten die Gedanken im Takt seines pochenden Herzens, wenn er sich nach der letzten Stunde wieder trollte, vergraben in schwere Grübeleien, die zu nichts führten, höchstens nach Hause.

An einem der folgenden Tage schwänzte er die Schule, stellte sich krank, und da Shaken-Köke immer noch im Dienst war, übernahm es Erjans Onkel Kepek-Naǵashı, Aysulu auf dem unermüdlichen Esel hinzubringen. Erjan schmorte den Tag hindurch in der Inbrunst seiner Gedanken und lief gegen Abend, als die Stunde ihrer gewöhnlichen Rückkehr nahte, aus dem Haus. Das Erste, was er sah, war Kepek, sein leiblicher Onkel, der Aysulu nicht in seinem Rücken, sondern vor sich sitzen hatte, sodass die Hände, die die Zügel hielten, um ihre junge Taille herumgriffen, während Aysulu, als ob nichts wäre, eines ihrer sanften Lieder trällerte, es hätte Dean Reeds »Komm mit uns«* sein können …

Erjan ging nicht hin, er lief schnell ins Haus, und die ganze Nacht glühte in ihm das Aqır zaman – das war nicht ausgedacht, es war die Hölle.

Großmutter Ulbarsın ging mit ihm zu Keremet-Äpke, der Heilerin. Sie fühlte Erjan den Puls, knetete ihm die Fingerknöchel und ließ ihn hinter einem Vorhang sitzen, den sie sodann mit einer einzigen schroffen Handbewegung zur Seite riss.

Unversehens hockte sie neben dem Jungen und rief die Götter an – abwechselnd Tãñgir, den Propheten Mahambet* und Perishte, seinen Engel. Sich hin und her wiegend, kam sie immer mehr in Fahrt, bis sie schließlich eine Reitgerte von der Wand nahm und erst sich selber die Knie, dann sachte Schultern und Rücken des Jungen damit zwiebelte; »Jin urdı!* Jın urdı!«, stieß sie hervor. Und als ihr schon der Schaum aus dem brabbelnden Mund trat, gab sie ihrer an der Tür stehenden Tochter einen Wink: »Apkelshi!*« – und die war zur Stelle mit einem heißen Knochen, dem Schulterblatt eines Hammels, das Keremet-Äpke erst beleckte, dass es zischte, und dann dem Jungen auf den bekleideten Rücken legte.

Davon verlor sich das Fieber sehr schnell – nur wachsen tat Erjan um keinen Fingerbreit.

Er hasste seine Großmutter dafür, dass sie solch altmodischem Aberglauben anhing, und insbesondere für jenes Märchen vom rotznäsigen kleinen Geser, das sie ihm als Kind erzählt hatte; er hasste sie dafür, dass sie und Sholpan-Sheshe sich tagelang das Maul über ihn zerfetzen konnten: dass da ein böser Geist in ihm wohne, sonst wäre er doch nicht so ein Zwerg, und so weiter, und so fort.

Auch Aysulus Vater Shaken-Köke wurde fuchtig, als er das Gewisper hörte, er schimpfte auf die beiden alten Frauen und fuhr mit Erjan eines

Wintermorgens in die Stadt zum Röntgen. Der Zug durchquerte den Teil der Steppe, wo Shaken ihm vor langer Zeit die tote Stadt gezeigt hatte, und den, wo sich der verfluchte tote See befand, der vielleicht an allem schuld war. Jedoch lag alles unter einer dünnen Decke Schnee, den der scharfe Steppenwind hin und her fegte, bis er sich als Wehe an den Schneezäunen längs der Eisenbahnstrecke verfing; davon wurde der Seelenschmerz nur noch beißender und beängstigender.

Sie kamen in die Stadt, ein schwindelerregendes Tohuwabohu aus Menschen, Automobilen und Häusern auf engstem Raum, fanden bis zur amtlichen Poliklinik, wo man Erjan in ein Zimmer führte, sich auszukleiden und zwischen irgendwelche stählernen Gerätschaften zu stellen befahl, dann wurde das Licht gelöscht, und es klickte und klackte in dem Apparat, den Shaken Röntgen nannte.

Danach mussten sie lange auf dem Korridor warten, bis der Mann im weißen Kittel mit weißer Haube erschien und Shaken ein paar schwarze Blätter mit hellen Flecken darauf vorwies.

»An sich ganz normale Knochen, sehen Sie«, kommentierte er. »Noch vollkommen kindlich, aber ohne Wachstumsfugen.«

Daran, wie Shaken-Köke reagierte, erst stritt, dann schimpfte, dabei immer lauter wurde und ständig die Wörter Amerika und Sowjetunion in den Mund nahm, konnte Erjan ersehen, dass man ihm hier auch nicht helfen würde, und sein Hass weitete sich aus: auf die Weißkittel und auf Shaken mit seinem Atom- und Röntgenfimmel und dem ewigen Wettlauf mit Amerika …

Auch Großvater Daulet ließ es nicht unversucht, die Knochen seines Enkelsohns zu strecken. Seine Methode war volkstümlich. Ohne dass die Frauen und jüngeren Männer es bemerkten, nahm er Erjan mit hinaus in die Steppe. Dort wickelte er ihn in eine Abdeckplane der Eisenbahn, legte ein Wolltuch um seine Handgelenke und knüpfte sorgfältig ein Seil darum, dessen anderes Ende er sich um die Hüften knotete. Darauf bestieg er sein Pferd und ließ es lostraben, beschleunigte immer mehr, wechselte gar in den Galopp, preschte über sandige Flächen, das Bündel mit dem Enkel hinter sich herschleifend. Erjans Mund, Nase und Augen füllten sich mit feinem Sand, der noch am Abend zwischen den Zähnen knirschte und mühsam aus den Schleimhäuten hervorgerotzt werden musste, die Handgelenke schmerzten von den Seilknoten – nur länger wurde er von alledem nicht.

Es endete damit, dass der Großvater des Nachts wieder seinen Zorn auf die leichtsinnige Tochter an der Großmutter ausließ, während jene im Nachbarzimmer den Sohn in den Schlaf weinte, der Sohn im Halbschlaf auf die arme, stumme Mutter schaute und dem Großvater grollte wegen der Schimpfkanonaden und der sinnlosen Torturen vom Tage und des Sandes wegen, der ihm in den Leisten und unterm Steiß klebte, und des Salzes auf den Lippen.

Und selbst Kepek – Kepek-Naǵashı, sein ärgster Feind – überließ dem Jiyen damals für eine Nacht sein eisernes Bett, fesselte ihn mit den Händen ans Kopfteil, mit den Füßen ans Fußteil, der Junge lag wie gekreuzigt diese Nacht. Und ihm träumte, wie er als Geser auf seinem Ross über die Steppe fegte und das Federgras unter den Hufen zerstob, der Himmel sich auftat vor ihm wie aufgeschlitzt – aber nicht Sonne oder Mond, sondern Aysulus Gesicht kam auf ihn zu …

Die Geige vernachlässigte Erjan in diesem Winter ganz, doch umso mehr – rund um die Uhr, ließe sich beinahe sagen – spielte er Dombıra. An Tagen, da der Großvater den Schnee von den Weichen und aus den Gleisen schippen ging, Kepek-Naǵashı Aysulu in die Schule brachte und die Frauen, alt und jung, beim Spinnen beieinandersaßen, blieb Erjan allein, griff nach der Dombıra und spielte – ein ums andere Mal dasselbe Lied: »Aydan aru närsa joq«, wofür er jedoch tausenderlei Melodien erfand:

Nichts Schöneres gibt es als den Mond,
doch der scheint nachts nur, nicht am Tag.
Nichts Schöneres als die Sonne auch,
die aber nachts nicht scheint, nur tags.
Die Gottesfurcht bei manchem auf

der Zunge liegt, im Herzen nicht.
Lebt einer ohne Haus, in Saus
und Braus der andere – wieso?
Zu suchen hilft nicht, es zu finden.
Noch jedem ist sein Platz beschieden,
Wer keinen hat, der ist nicht da.
Hältst du dich an den Weisen nicht,
musst du des Dummen Pfade gehen,
gehst selbst im Sommer ohne Licht.
Wohin du kommst, wird man dich schmähen,
wohin du gehst, bist du geliefert.
Zwei Köpfe gehen schwer in einen,
zwei Männer führen schwer ein Volk.
Beim aufmüpfigen Feind,
an dessen Gurt der Säbel baumelt
und der auch sonst vor Waffen strotzt,
findst du den wackeren Krieger nicht.
Kein guter Mensch die Stirne furcht,
kein reicher Mann den Reichtum weiterschenkt,
nach beiden kannst du lange suchen …
Und wenns so ist auf dieser Welt,
und kein Gericht kann daran drehen:
Geh vor die Hunde, Welt, mitsamt
den Neins, dem Strom müder Gedanken –
klatsch auf als Kuhfladen. Vergeh!

Erjan sang dieses alte Lied und hatte das Gefühl, dass jedes Wort von ihm handelte – als sänge er kein Lied, sondern erzählte sein Leben. Wie süß es einst begann! So als bestünde die Welt aus nichts als Mond und Sonne, Aysulu* und Erjan.

Dabei enthielt das Lied bereits zu Anfang die Mahnung, dass der Mond nur in der Nacht scheint, die Steppensonne wiederum nur am Tag – wieso hatte Erjan das nicht gewusst? Und nur einmal im Jahr können Sonne und Mond zugleich an den beiden Enden der Steppe erscheinen, zwei Kreise von gleicher Größe, oder hatte er auch das nur geträumt?

Wer schert sich um ihn? Alle tun sie nur so und reden – am meisten die beiden alten Frauen, doch auch die anderen sind nicht besser: Den Großvater interessiert bloß, dass seine Weichen gut geschmiert sind, Shaken-Köke ist mit den Gedanken ewig im Dienst und beim Wettlauf mit Amerika. Und Kepek und Aysulu und der blöde Esel noch dazu? ... Erjan spielt für sie keine Rolle, ihm ist kein Platz in ihrem Leben beschieden, er ist nicht da, gute Nacht.

Des Dummen Pfade! ... Die eine schleppt ihn zur Hexe, der andere hätte ihn wohl am liebsten gevierteilt, wenn er die Pferde dazu hätte, und auch der Gebildetste von allen kann ihm nicht helfen mit seinen Reaktoren und Röntgenapparaten!

Erjan weiß nicht, wohin mit sich. In die Schule führt kein Weg zurück. Die Frischlinge dort sind alle schon einen Kopf größer als er, die lachen ihn aus. Soll er also hier hocken bleiben in dieser Finsternis? Wo alle vergessen zu haben scheinen, dass Aysulu ihm versprochen ist – er hat ihr schließlich das Ohrläppchen beknabbert! Doch ein Leben zu zweien wird es nicht geben für sie – nicht unterm Mond, nicht unter der Sonne.

Und dass er das alles schon absehen kann und noch einiges mehr, worüber er nicht spricht, das sich anstaut in seinem verkeilten Körper, seiner empfindsamen, alternden Seele – nützt ihm das? Soll es ihn erheben?!

Jedes Mal, wenn Erjan durch den Türspalt, die Fensterluke oder beim Spähen um die Ecke, hinter der er sich versteckt, Aysulu, Kepek und den Esel im fahlen Blau der Steppendämmerung nahen sieht, spürt er nichts als den Drang, die Flinte des Großvaters zu schnappen oder das Küchenmesser der Großmutter, notfalls auch Kepeks Langstielhammer – vor sie hin zu springen und zu schießen, zu metzeln, zuzuhauen – zu morden, alle drei. Aber jedes Mal findet sich etwas in ihm, das ihn hemmt. Was es ist, kann er nicht erkennen, quält sich damit die Nacht hindurch bis zum Morgen und von da bis in die nächste Nacht, findet die Lösung nicht – wie ein dummer Schuljunge, der sein Heft verloren hat, worin sie steht.

Und wieder wird der Aufstand auf morgen vertagt.

Wenn es wirklich so zugeht auf der Welt, dachte er sich – sind dann nicht alle seine Gewissensqualen, alle seine strömenden, stiebenden, stürmenden Gedanken einen Dreck wert? Scheiße, die vom Himmel kommt?

Ist das nicht sein Leben – oder etwa nur ein Lied?

Aber nein, kein Lied, eine Kettenreaktion war es (Shaken hatte sie einst demonstriert), die in Erjans Leben vor sich ging. Und nicht in ihm allein, doch mit seinem Hass auf den Großvater, die Großmutter, Kepek mit dem Esel und Shaken-Köke ging es los … Vielleicht war es auch der plötzliche Erwachsenenblick, der aus dem erstarrten Jungenkörper hervorsah: Erjan fielen nun Dinge auf, die er früher nicht bemerkt hatte. Nicht genug, dass er Kepek auf dem Esel sitzen und den Arm um Aysulu legen sah (auch wenn das am schmerzlichsten war). Er sah zum Beispiel auch, dass, wenn Shaken-Köke im Dienst war, Kepek-Naǵashı sich zuweilen bei Bayshishek, der Städtischen, herumtrieb und dabei jedes Mal die alte Sholpan unter irgendeinem Vorwand aus dem Haus, zu seiner Mutter Ulbarsın hinüber beorderte. Mal kam er, um Salz zu borgen oder einen Nagel, oder er bot Hilfe an beim Zerteilen der Haxen – wie sich das gehörte, man war ja sozusagen eine Wirtschaft! Aber was genau sich dort drüben tat, während Aysulu bei Erjan war, um zu berichten, was es in der Schule Neues gab – keiner wusste es.

Zurück kam er jedenfalls immer ganz aufgekratzt, mit rotem Gesicht, als hätte er nicht bloß eine Haxe, sondern eine ganze Kuh in Stücke gesäbelt. Schnappte sich seinen Hammer und ging, eine nur ihm bekannte Melodie pfeifend, dampfend und ohne Jacke, seinen Vater an der Weiche oder am Nebengleis ablösen.

Und einmal steckte ihm Aysulu unter dem Siegel der Verschwiegenheit, dass ihre Mutter Kepek manchmal des Nachts heiße Suppe hinüberbrachte, auf die Art: Wie wunderbar er doch diese Haxen geteilt habe, und jetzt friere er bestimmt, der arme Kepek, und er sei ihnen ja doch wie ein Bruder …

Und Shaken-Köke? War um keinen Deut besser! Einmal, als der Großvater und Kepek-Nağashı zu zweien irgendeinen Sonderzug abzufertigen hatten und Großmutter Ulbarsın drüben bei Tante Sholpan war, ihr den Kopf mit Sauermilch wusch, hörte Erjan es sachte ans Nachbarfenster klopfen – da, wo seine Mutter Qanyshat schlief. Erjan lauschte. Drüben schlurften Schritte. Erst dachte er, da wäre ein Vogel vor Kälte gegen die Scheibe geflogen. Um ihn nicht mit seinem Schatten zu erschrecken, näherte er sich dem Fenster seitlich und spähte, in eine Ecke seines Zimmers gedrückt, vorsichtig nach draußen. Aber es war kein Vogel, es war Shaken. Wieso klopft der nicht an die Tür?, fragte sich Erjan, da hörte er Mutters Zimmertür knarren und blieb aus Furcht, beim Spähen erwischt zu werden, in seiner Ecke hocken. Doch zum Glück kam die Mutter nicht zu ihm herein, sondern schlich aus dem Haus, er stellte sich vor, wie sie im Gehen den Wollschal umwarf.

Erjan stand mit klopfendem Herzen, das seine Schläge an die Zimmerwand weitergab. Oder ratterte gerade der schwere Sonderzug über die Schienenstöße, dass der Boden bis hier herüber pulste? Egal, Erjan stand jedenfalls wie gelähmt. Wieder dieses Gefühl einer tierischen Angst, aus den bebenden Knien in den Bauch heraufkriechend, sich dort festsetzend als ein heißer, harter Klumpen.

Die Mutter huschte draußen vorbei bis vor ihr Fenster, wo nun also zwei Silhouetten zu sehen waren, ins traute Gespräch vertieft; was sie sagten, konnte Erjan, so sehr er sich anstrengte, nicht verstehen. Was mochten sie zu bereden haben dort draußen auf dem krustigen weißen Schnee, heißen Dampf aus den Mündern stoßend? Erjan bekam es nicht heraus. Konnte nicht einmal sagen, ob seine stumme Mutter tatsächlich gesprochen oder er den Dampf fälschlich für Worte gehalten hatte. Aysulu erzählte er lieber nicht davon.

Und dann murmelte ihm auch noch Großmutter Ulbarsın, während er ihr die Knoten an den altersmüden Beinen massierte, sie darüber schläfrig und redselig zugleich wurde, etwas vom Großvater vor, der nicht zu Hause war. Diese Rheumaknoten habe sie seinetwegen, klagte sie, seit jungen Jahren schon, als sie frisch in diesem Qara-Shaǵan gelandet waren. Sholpans Nurpeyis sei zur Weiterbildung in der Stadt gewesen, Daulet mithin der einzig verbliebene Mann an der Station und in jenem Winter viel mit seiner Weiche befasst, wobei er

Ulbarsın eingeschärft habe, in seiner Abwesenheit nicht nach draußen in die Kälte zu gehen, wo die Schakale heulten; selbst griff er seine doppelläufige Flinte und den Eisenbahnhammer und lief hinaus in den Schneesturm.

Lange saß Ulbarsın allein herum, dann siegte die Langeweile über die Furcht, sie hüllte sich in ihren Schal und lief hinüber zur Freundin Sholpan. Vor deren Haus verschnaufte sie einen Moment, vom Sturm klapperte die Tür in den Angeln. Daher schien Sholpan das Klopfen zu überhören, kam nicht aufmachen. Also kämpfte sich Ulbarsın durch die Schneewehe vor das einzige erleuchtete Fenster, spähte durch den Spalt zwischen den mit Karomuster bestickten Vorhängen – und sah als Erstes ihren Mann. Der Atem stockte ihr vor Wut, sie verschluckte sich an der scharfen Frostluft und kippte ohnmächtig in die Wehe.

Als Daulet sie in später Nacht dort fand, durchfroren bis ins Mark, schleppte er sie fluchend und weinend nach Hause. Er sei bei Sholpan gewesen, um Nurpeyis' Taschenlampe zu borgen, erklärte er ihr. Jedenfalls hatte Ulbarsın aus jener Nacht wenn nicht eine Schramme des Argwohns in der Seele, so dieses Rheuma in Knochen und Muskeln fürs Leben davongetragen …

Was an alledem wahr und was erfunden war, vermochte Erjan nicht auseinanderzuhalten. Dieser innere Zwiespalt gehörte zu seinem Wesen, seit der Körper ein für alle Mal erstarrt war. Jener alte Gesang fiel ihm ein, den der Großvater einmal in Gegenwart Petkos vorgetragen hatte: von den im Strom dahintreibenden Strohhalmen, die mal gegen einen Stein prallen, mal in einem ins Wasser hängenden Ast sich verfangen. Auch er war so ein geknickter Strohhalm: stieß sich an jedem Stein, jedem Blatt, jedem Schnurz, doch der Strom trug ihn fort, da konnte die liebe Seele noch so tirilieren, bis hinab in jenes tote Becken, wo kein Gras mehr spross, nur noch Schlick war. Und was von dieser Reise blieb, war die Erinnerung an den Wind, der ihm durch den hohlen Körper gepfiffen, und fast konnte man denken, es wäre ein leises Lied …

Dritter Teil

Wir hatten uns mit Reisegeschichten abgelenkt, darüber war es dunkel geworden. Mit welchen Worten beschreibt man das Wehgefühl eines solchen Abends, in einem Zug, der einsam durch die Steppe fegt? Wie gibt man den Hauch jenes Liedes wieder, das die Luft in einem Strohhalm erzeugt? Ich versuchte mich eines Gedichts zu entsinnen: »Im Waggon«, von Innokenti Annenski, wenn ich nicht irrte, das diesem Gefühl am nächsten kam:

Genug getan, genug geredet.
Wir sitzen schweigend. Keiner lacht.
Schneegraue Wolken ziehen des Weges,
Ein schütteres Licht, das müde macht.

Zwei Weiden, schwarz, verhakt im Zwist –
warum, kann man sie schlecht befragen.
»Bis morgen!«, höre ich mich sagen.
»Für heute sind wir erst mal quitt.«

Nicht sinnen und nicht flehen will ich,
sei meine Schuld auch noch so groß.
Ich will durch diesen Kranz aus Watte
aufs weiße Feld hinaussehen bloß.

Du – spiel dich auf ruhig, eifre, tu,
als ob du mir vergeben hättest.
Nimm einen Streif der Abendglut,
um die herum erstarrte Welt ist.

Aber dieser Glutstreif verschwand sehr schnell, und wir saßen im Finstern; keiner mochte das Licht im Abteil einschalten. Erjan, dem meine Erstarrung nicht entgangen war, verließ das Abteil, um zu rauchen; auch der alte Mann von der unteren Pritsche gegenüber hatte sich unbemerkt in den Waschraum am anderen Ende des Gangs verzogen. Als er zurückkam, streckte er sich umgehend wieder aus und drehte das Gesicht zur Wand.

Nach einiger Zeit kam Erjan wieder; ohne große Lust zur Unterhaltung, wie mir schien. Und auch ich, unter dem Eindruck der Steppendämmerung und des aus den Tiefen des Gedächtnisses hervorgezerrten Gedichts, war in lethargischer Verfassung.

Anscheinend war nun ich an der Reihe, den Gang aufzusuchen; ich stand ein bisschen herum, starrte nach draußen in die undurchdringliche Finsternis, machte Katzenwäsche auf dem Klo und ging zurück ins Abteil, wo ich meine beiden Mitreisenden schnarchend vorfand.

Ich bezog mein Bett und machte mich lang, doch der Schlaf wollte nicht kommen.

Vor meinem inneren Auge das Bild der endlos vorbeiziehenden Telegrafenmasten vom Tag – wie eine Endlosschleife Musik, mit Noten, Taktstrichen; Musik, deren Sinn sich mir jedoch nicht erschloss. Wie mochte die Geschichte ausgegangen sein? Ich versuchte es mir auszumalen, während ich aus dem Augenwinkel zur oberen Pritsche hinaufsah, wo der vom Leben geplagte junge Mann eingerollt schlief. Dass er mir einen Bären aufgebunden hatte, konnte ich mir nicht vorstellen; außerdem hatte ich ja seinen Ausweis gesehen, und letztlich wäre kein Wunderkind zu alledem auf einmal in der Lage gewesen: Geige zu spielen wie ein Gott, versiert wie einer jener alten Märchenerzähler am Steppenfeuer sein Leben zum Besten zu geben – und dabei auch noch zu flunkern, mich um den Finger zu wickeln wie ein professioneller Betrüger oder Schauspieler. Zu viel für so einen schmalen Kerl, um es auf einmal in die Waagschale zu werfen.

Was also war seither geschehen? Ob ich es mir selbst – diese Nacht, in der ich keinen Schlaf fand – vor Augen führen konnte?

So forsch wie der Zug seine Linie durch die nächtliche Steppe zog, versuchte ich eine Linie zu ziehen zwischen dem, was ich gehört hatte, und dem, was ich nicht wusste.

Aysulu wuchs unaufhaltsam. Sie war beinahe schon so groß wie Kepek. Und dennoch schien ihr nicht aufzufallen, dass Erjan nicht mitwuchs, dass er ihr kaum noch bis zur Schulter reichte. Nach der Schule kam sie gerannt, um ihm von ihren Erfolgen zu berichten: Heute hatte sie endlich das Geigenstück gespielt, was Erjan schon vor drei Jahren gekonnt hatte. Dabei war es genau das, was Erjan am meisten aufbrachte: die Missachtung dessen, was mit ihm vor sich ging. Er hörte ihr gar nicht zu. Lag auf dem Bett und starrte an die gekalkte Decke, stand schon deshalb nicht auf, um neben ihr nicht so lächerlich klein auszusehen – und sie, sie merkte von alledem nichts. Oder tat so.

Woher sollte Erjan wissen, dass auch sie nachts weinte, den Kopf unter die Decke gezogen, dass auch sie davon träumte, möglichst schnell groß und Doktor zu werden, um ein Mittel zu erfinden, das ihren Erjan in die Länge zog.

Erjan selbst schlief nachts nur noch selten – und das nicht, weil er tagsüber zu viel im Bett gelegen hätte; die Augen wollten ihm einfach nicht zufallen. Er drehte sich von einer Seite auf die andere, wälzte die immergleichen ätzenden Gedanken, die zu bekämpfen oder zu akzeptieren er gleichermaßen machtlos war, eine endlose Leier, wie Dombıra und Geige ineinander verheddert, ein unauflöslicher Missklang, der sein Inneres piesackte.

»Doch nicht lange durfte der wackere Geser sein Glück und seine Ruhe genießen, denn vom Norden her drang der furchtbare menschenfressende Dämon Lubsan in sein Reich vor. Zwar geschah es, dass sich des Menschenfressers Weib Tümen Djirǵalañ in Geser verliebte und ihm daher ein Geheimnis ihres Mannes preisgab, welches Geser benutzte, um Lubsan totzuschlagen, doch darauf verabreichte Tümen Djirǵalañ ihm einen Vergessenstrunk, um ihn an sich zu binden. Geser trank den Becher leer, vergaß seine geliebte Urmay-sulu und blieb bei Tümen Djirǵalañ wohnen.

Unterdessen brachen im Steppenreich Revolten aus, und Kara-Chotoñ nahm sich Urmay-sulu gewaltsam zur Frau. Täñgir aber ließ Geser nicht im Stich, er führte ihn ans Tote Meer und befreite ihn von dem Zauber, indem er ihm das Spiegelbild seines Zauberpferdes im Wasser zeigte. Auf diesem Pferd kehrte Geser in sein Steppenreich zurück, schlug Kara-Chotoñ und befreite seine Urmay-sulu …«

Er gedachte des alten Märchens aus Kindertagen, und da er genau wusste, wer in seinem Leben Kara-Chotoñ war, brütete er nächtelang über der Frage, wer dann den bösen Dämon Lubsan darstellte. Etwa Großvater Daulet? Aber dessen Frau war Großmutter Ulbarsın, die war gewiss nicht in Erjan verliebt! Auch Petko kam für die Rolle nicht infrage, der hatte gar keine Frau. Shaken-Köke? Konnte Bayshishek Tümen Djirǵalañ sein? Und hieß das, er musste Shaken töten? So richtig passte das alles nicht zusammen. Dennoch schwante es Erjan mit irgendeinem sechsten Sinn, dass dieses Märchen mit ihm zu tun hatte – so wie die alten Jır-Gesänge, die er im Kopf abspulte, auch. Und dass er dieses Rätsel, das ihn nicht losließ, wohl oder übel lösen musste …

Die Zone!, fiel ihm die nächste Nacht ein. Die Zone war der grässliche Dämon Lubsan! Sie war es, die ihn gefangen hielt. Sie hatte ihm den Trunk des Vergessens eingeflößt. Und solange er nicht an den Toten See zurückkehrte – jenen, worin er einst gebadet hatte –, würde der Fluch nicht von ihm weichen. Denn so ging das Märchen doch: Dort am Toten See würde Täñgir den Fluch von ihm nehmen und ihm sein Spiegelbild zeigen – seines und das des wilden Pferdes, das er in seiner Kindheit geritten …

Er fasste einen Entschluss.

Im späten Herbst (Aysulu ritt neuerdings allein zur Schule, während der Großvater nach der Nachtschicht schlief und Kepek ihn am Gleis ablöste, falls er nicht gerade Shaken bei Bayshishek »vertrat« und die alten Frauen vor dem Haus in der Morgensonne saßen und sich bei einem Schwatz die Knochen wärmten) schwang Erjan sich aufs Pferd und galoppierte durch die Steppe in Richtung des Flussgrabens, hinter dem die Zone anfing. Seit er als Kind öfter mit Kepek oder Shaken hierher geritten war, kannte er die vorhandenen Ein- und Ausgänge; man musste nur dem ausgetrockneten Flussbett folgen, es führte einen geradewegs in den Raum des Schreckens.

In aller Behutsamkeit erkundete Erjan die Zone, denn die Angst saß ihm im Bauch und konnte jederzeit in die Kehle springen; sie war unbezähmbar, pulsierte in den Blutbahnen, im Atem; doch etwas trieb ihn voran.

Der Herbst war lang und sonnig. Nichts hinderte Erjan daran, seine Touren immer mehr auszudehnen; von der toten Stadt, die er einst mit Shaken-Köke erblickt, immer weiter den trockenen roten Flusslauf hinab. Er entdeckte gigantische Krater in der aufgewühlten Steppe – hier hätten auch Mond und Mars ihr Spiegelbild finden können, um sich von einem Fluch zu befreien. Er stieß auf Überreste von Gebäuden, die aus der geschmolzenen Erde ragten wie Kultstätten unbekannter Kulturen. Einmal sah er eine schräg aus der Erde ragende Betonmauer, in die eine verkohlte Steppenulme mit schwarzen Vögeln auf den Ästen wie eingeprägt schien. Ob es sich um eine Zeichnung handelte oder den in der Mauer verewigten Abdruck eines lebendigen Baumes mit lebendigen Vögeln, konnte Erjan nicht erkennen. Von Mal zu Mal tiefer ritt er in die Höllenlandschaft hinein.

Immer wenn Erjan von diesen Ausflügen heimkehrte, schlich er unbemerkt zu sich ins Zimmer und legte sich aufs Bett. Die Dombıra war vergessen, er fasste sie genauso wenig an wie die seit Langem in einer Nische verstaubende Geige. Erst hier, wo beständig etwas rumorte – die alten Frauen, die Züge, ein entferntes Radio oder der Fernseher –, merkte er, wie still es in der Zone gewesen war.

So still, dass es in den Ohren klang. Und plötzlich kam ihm der Gedanke, ob diese Stille nicht vielleicht mit dem ewigen Schweigen seiner Mutter verwandt war. War sie, die stumme Qanyshat, etwa die Antwort auf all seine Fragen? Musste er am Ende gar nicht den Toten See aufsuchen, sondern nur seine Mutter von ihrem Fluch befreien, sie zum Reden bringen – und dann wäre der Bann von seinem schmächtigen Körper genommen, und das Pferd seiner Kindheit würde wieder mit Aysulu um die Wette reiten?

Doch wie schon sein ganzes Leben lang huschte die Mutter nur als Schatten durch das Zimmer: brachte Abendessen, holte Wäsche zum Waschen oder sah einfach nach dem schlafenden Sohn, wortlose Tränen zerquetschend. Vielleicht, dass der Tote See in diesen Momenten in ihr schwappte.

Und obwohl Erjan mit seinem jäh gereiften Verstand sich durchaus sagen konnte, dass der Tote See zu entlegen war, um ihn an einem Tag zu erreiten, zumal die Tage immer kürzer wurden – da war etwas, noch mächtiger als die Angst und noch dringlicher als die Hoffnung, das ihn Tag für Tag aufs Neue in die Zone trieb, die ihm zunehmend bekannt und vertraut war. Und wie ein böser Spuk, so rapide und restlos kam das Vergessen über ihn: Nicht nur Dombıra und Geige vergaß er, den Großvater, Petko und Dean Reed, er vergaß sogar Aysulu. Der Weg längs des trockenen Flussbetts zum Toten See, dem Herzen der schweigenden Zone, war nun von einem nackten, peitschenden Rhythmus bestimmt, den das galoppierende Pferd, Erjans pochendes Herz und der Puls in seiner Schläfe gemeinsam erzeugten und in dem kein Platz war für irgendeine Musik.

Am frühen Morgen des 22. November – der Großvater war eben von der Nachtpatrouille heimgekehrt, Kepek und Aysulu waren noch nicht auf den Beinen – schlich Erjan einmal mehr aus dem Haus und sprang auf das Pferd, das noch keine Zeit gehabt hatte abzukühlen. Lag es an diesem raschen Wechsel des Reiters, seinem geringeren Gewicht oder der frühen Stunde: Ayǵır galoppierte so leichtfüßig, als spürte er den Gegenwind nicht, als wüsste er ihn allein durch seine Bewegung in einen Rückenwind zu verwandeln. Erjan war wie berauscht von dem angeschlagenen Tempo, er sah sich fliegen; so bemerkte er erst, als er schon in der Zone war, dass Großvaters Gewehr noch zwischen Sattelgurt und Steigriemen klemmte. Zum Umkehren war es zu spät, Erjan ritt weiter und spürte wie ein echter Dschigit den Stahl des Gewehrlaufs an der Wade.

Vielleicht lag es an der Anwesenheit der Waffe, dass Erjan an die Fuchsjagd von einst denken musste. Und plötzlich ein grässlicher Gedanke: Kam all sein Unglück womöglich daher, dass sie damals der Füchsin ihr Junges entwendet hatten? Der Gedanke erschütterte ihn wie eine Explosion;

für einen Moment meinte er das Pferd daraus hervorgleiten zu sehen. Mit Mühe hielt Erjan sich im Sattel. Und schon blitzte das dazugehörige Wort in seinem Bewusstsein auf: Qaltarys! Ja, sein ganzes Leben war so, bestand aus nichts anderem: Qaltarys auf Qaltarys – zielstrebig hin auf das letzte, das Ulu Qaltarys, die finale Wende. Noch aber war er unterwegs, ein zum Abschuss freigegebenes Stück Wild, von allen Seiten in die Enge getrieben …

Die Gedanken flogen mit, hielten dem Tempo des Reiters stand. Auf einmal begriff er, dass auch der ausgetrocknete Flusslauf den Regeln des Qaltarys folgte: von seinem Ursprung geradenwegs bis zum toten Städtchen, dann scharf abbiegend und weiter bis zu den Mondkratern. Noch eine Biegung und bis zur Betonwand mit der verbrannten Ulme und den eingeprägten Vögeln. Jetzt zweifelte Erjan in seiner Erregung nicht mehr daran, dass das Ulu Qaltarys bevorstand – und er ritt und forcierte, schlug mit der Peitsche auf Aygır ein …

Und dann, als die Sonne hinter ihm schon langsam an Boden verlor, sah er plötzlich vor sich in der flachen Steppe einen kleinen Hubbel. Bei dem Tempo ließ sich schon nach kurzer Zeit erkennen, dass es ein Tier war – ein Hund oder ein Fuchs oder … Nach einer Minute wusste er: Da saß ein einsamer Wolf, der auf ihn lauerte. Erjan machte keine Anstalten, sein Pferd zu bremsen, und der Wolf bewegte sich nicht vom Fleck. Erjan zog die Flinte aus dem Riemzeug und schoss, ohne zu zielen, aus einem Lauf in die Luft, um den Wolf zu verschrecken. Nun stürzte der Wolf davon, in dieselbe Richtung, in die Aygır preschte, sodass es wie eine Verfolgungsjagd war. Erjan jauchzte aus voller Lunge, der Wolf floh, ohne sich umzusehen. So ging das eine Zeit lang, bis der Wolf plötzlich verschwand – wie vom Erdboden verschluckt.

Aber was war das? Eine Luftspiegelung, Ausgeburt überreizter Fantasie? Salz, das in der grellen Herbstsonne blinkte? Irgendeine Lache, stinkender Rest von einer Überflutung im Sommer? Oder … das andere Ufer des Toten Sees? Er kam zu der Stelle, wo der Wolf so plötzlich verschwunden war; dahinter ging es schroff nach unten. Er pflockte das Pferd ein Stück weiter rechts, wo das Ufer flacher war, mit doppeltem Knoten an eine aus der Erde ragende angeschmolzene Schiene, gab ihm nur kurze Leine, wollte nicht, dass es zum Wasser hinunterlief, geschweige nach dem langen, zehrenden Ritt daraus soff, und begab sich selbst hinab zum Wasser, das Gewehr mit der verbliebenen Patrone gezückt. Der Wolf war nirgends zu sehen.

Das Wasser war tiefblau – als fügte es dem sich spiegelnden Himmelsblau noch eine eigene Bläue hinzu, weshalb Erjan sich darin nur als dunkler Fleck abzeichnete. Oder waren die Augen des Jungen vom langen Ritt – vor sich nichts als gelbe Steppe – ermüdet? Erst wollte er Wasser schöpfen und trinken, aber nein, er mochte keine Zeit verlieren: schlitterte, ohne sich erst zu entkleiden, Beine voraus, das Gewehr noch in den Händen, das Ufer hinab, ins Wasser hinein. Kühle umfing seinen Körper, doch als er untertauchen wollte, wurde er von irgendeiner Kraft wieder nach oben gedrückt, und er lag auf der Wasseroberfläche wie in einem Boot. Was war das denn? Mitsamt der Waffe konnte er doch unmöglich oben schwimmen! Irgendwo hatte Erjan gelesen, dass man im Toten Meer, das angeblich zwischen Jordanien und Palästina lag, nicht untergehen könne, so versalzen sei es; also probierte er und schmeckte, aber seine ausgedörrte Zunge nahm kein Salz wahr. Er lag auf dem Wasser und fragte sich nicht, ob er träumte oder wachte. Sein Körper schaukelte, schien zu schweben, und auf einmal spürte er ihn länger werden. So pflegte sich der Bogen seiner Geige vor dem Spiel zu straffen, so spannten sich die Saiten, wenn er stimmte. Gleich würde der Bogen die Saiten berühren, und Musik würde erklingen …

Plötzlich musste Erjan, auf dem Wasser liegend, an Petko und dessen Märchen denken: »Vor langer, langer Zeit lebte einmal ein Junge, der hieß Wolfgang. Weißt du, was der Name bedeutet? Ein Wolf, der geht. Dieser Junge war ein unerhörtes musikalisches Talent, er hätte mit verbundenen Augen jedes beliebige Instrument spielen können. Eines Nachts fand Wolfgang keinen Schlaf, schaute in die Sterne und suchte sich dort die Noten für seine Musik zusammen. Da kam auf einmal der silbergesichtige Mond vom Himmel zu ihm herabgerollt, fing vor ihm zu tanzen an, lockte ihn mit seinem Tanz hinter sich her auf die Straße, über den kleinen Fluss, bis an einen See ... Wer den Jungen gerettet hat, ob Menschen, Elfen oder Feen, ist nicht gewiss. Der Junge lebte weiter und wuchs heran, doch die Seele ist damals, in jener Nacht, an jenem See geblieben, auf immer und ewig verzaubert vom Mond, seiner silbernen Spur, die aus reiner Musik bestand ...«

Ach. So also hing das zusammen: dieser See, und der darin verschwundene Wolf, die ganze Hexerei ... Dabei war ihm leicht, ja schwerelos ums Gemüt, so als würde sein schmaler Körper sich in diesem bitteren Wasser auflösen, ein Gefühl, von dem man wollte, dass es anhielt, das man nicht vertreiben wollte ... Erwartungsvoll lag er, wurde ganz Ohr. Wie leicht ihm in der Seele war, wie fließend sich sein Körper anfühlte! Wie Mozarts Lacrimosa, über die ganze Breite des Sees ...

Er ritt durch die Steppe zurück, die Sonne im Rücken verlängerte seinen Schatten, es war, als wäre der Fluch von ihm abgefallen, und er kehrte zurück in die Welt, wo seine zarte, feine Aysulu auf ihn wartete. Er ritt durch die Steppe mit dem Gewehr in der Hand und fühlte sich wie Dean Reed in einem seiner Western, wo er den Cowboy Joe spielte. Er sang jetzt lauthals, aus voller Brust, dass es durch die Steppe und in den Himmel schallte:

My love is tall, as tall as the mountains,
My love is deep, as deep as the sea …

Als die Sonne hinter ihm nur noch knapp überm Horizont stand und Erjans Schatten, vor ihr fliehend, sich so lang machte, dass sein Ende nicht mehr abzusehen war, tauchten die heimischen Hügel auf, und er sah im Abendlicht zwei Pferde stehen, die anscheinend an einen Tamariskenstrauch gebunden waren. Erjans Herz begann zu rasen, Ayǵır hingegen, der etwas witterte, verfiel in einen zögerlichen Trab. Je näher Erjan dem Ort seiner Zeugung kam, desto mehr wich Dean Reeds Lied aus seinen Lungen, stattdessen meldeten sich zwei Wörter zurück und hämmerten im Takt mit Herz, Puls und Atem: Ulu Qaltarys.

Und schließlich sah er das, was zu sehen er allzeit befürchtet und in seinem schreckhaften Gemüt vorausgeahnt hatte: Vor ihm im trockenen Flussbett, hingestreckt zwischen den Steinen, lag Aysulu, und über sie gebeugt Kepek-Naǵashı, sein verhasster Kara-Chotoñ. Erjan brachte das Pferd zum Stehen, saß ab, die Flinte in beiden Fäusten. Er band das Pferd nicht an, winkte ihm nur und machte sch-sch!, es blieb gehorsam stehen, wo es war. Von Strauch zu Strauch huschend, wie er es aus den Cowboyfilmen kannte, stahl sich Erjan bis auf Rufweite an das Paar heran, rief aber nicht erst, zielte und schoss, es war seine letzte Patrone …

Die Angst, die in ihm wohnte, seit er am Leben war, zuckte ihm durch den Bauch, wallte hoch, entlud sich in einem wüsten, kindlichen Schrei. Wie ein Sack war Kepek auf Aysulu niedergefallen. Erjan rannte hin und sah voller Grauen, wie sich die Binde in seines Onkels Hand rot färbte, blutrot wie der Streifen Sonnenglut am Horizont, und aus Kepeks Hand auf Aysulus weißes Bein sank, das erst zur Hälfte verbunden war und blieb …

Denn Aysulu hatte sich auf der Suche nach ihm das Bein gebrochen.

Nein, ich mochte die Geschichte nicht zu Ende denken, sie war zu grässlich für diese stille Steppennacht, durch die der Zug ratterte, und mein Herz ratterte mit. Der Junge auf der oberen Pritsche murmelte etwas im Schlaf, der Alte mir gegenüber schnaubte und röchelte nervös vor sich hin, es klang wie ein abgestochener Hammel in den letzten Zügen. Was für ein Graus! Weil ich hoffte, ein bisschen Frischluft könnte für Erleichterung sorgen, öffnete ich die Tür einen Spalt. Vom Gang wehte es kühl herein. Ich beschloss, etwas zu warten, bis das Abteil ordentlich gelüftet war, bevor ich mich wieder hinlegte.

Ausdauernd fuhr der Zug durch die Nacht. Seltene Lichter, mitunter vielleicht auch nur ein durch die Tinte der Nacht schlagender Stern, zogen im betulichen Bogen um ihn herum. Als das Abteil mit frischer Nachtluft gefüllt war, schloss ich behutsam die Tür; wie infolge dieser Handlung bremste der Zug augenblicklich ab und kam mit dem üblichen Kreischen an einem Haltepunkt zum Stehen. Ich lauschte. Unregelmäßige Schritte im Schotter des Gleisbetts, die sich langsam näherten. Mal verharrten sie, dann rückten sie wieder näher, wurden deutlicher. Schließlich das kurze Aufleuchten einer Taschenlampe unter unserem Fenster, ein tönender Hammerschlag gegen die Radscheibe, und eine sonore Kasachenstimme in der Dunkelheit: »Sonday! … shesheñdi …*«

Zu gern hätte ich gewusst, was er damit sagen wollte, und musste an mich halten, dass ich Erjan nicht deswegen anstieß und aus dem Schlaf riss …

Erjan schlief unruhig wie üblich. Gerade hatten sie Großmutter Ulbarsın begraben. Greisinnen aus dem Umkreis, allen voran die Heilerin Keremet-Äpke, waren ins Haus von Sholpan-Sheshe gekommen, um ihren Zauber zu machen und Gebete zu sprechen. Der Großvater, der den Verlust seiner Frau zu beklagen hatte, hielt sich tapfer, auch noch während des Begräbnisses, doch am dritten Tag machte er schlapp und musste das Bett hüten. Einzig Shaken-Köke, eben vom Dienst zurück, war am Rackern, hackte Holz fürs Feuer unterm großen Kessel, rannte zwischendurch ans Gleis, kam wieder und schlachtete den Hammel für das Qudayı*.

Ein seltsamer Tod hatte die Großmutter ereilt. Im späten Herbst waren die Knoten an ihren Beinen immer mehr angeschwollen, Erjan konnte sie massieren, so viel er wollte. »Ach, buldur kim, nun bist du doch nicht mehr größer und stärker geworden«, stellte die Großmutter mit unüberhörbarem Vorwurf fest.

Wie immer, wenn jemand krank war, redete Bayshishek, die Städtische, ihrem Mann ins Gewissen, er möge Ulbarsın in die Stadt zum Röntgen schaffen, aber das lehnte die alte Frau rundweg ab, stattdessen ließ sie sich von ihrem Mann mit dem Kamel zur Heilerin bringen. Keremet fühlte der Großmutter den Puls, knetete ihr die Fingerknöchel und ließ sie hinter einem Vorhang sitzen, den sie sodann mit einer einzigen schroffen Handbewegung zur Seite riss. Unversehens saß sie neben der Großmutter und rief die Götter an – abwechselnd Täñgir, den Propheten Mahambet und Perishte, seinen Engel. Sich hin und her wiegend, kam sie immer mehr in Fahrt, bis sie schließlich eine Reitgerte von der Wand nahm und erst sich selber die Knie, dann sachte Großmutters Beine damit zwiebelte; »Jin urdı! Jin urdı!«, stieß sie hervor. Und als ihr schon der Schaum aus dem brabbelnden Mund trat, gab sie der an der Tür stehenden Tochter einen Wink: »Apkelshi!« – und die war zur Stelle mit einem heißen Knochen, dem Schulterblatt eines Hammels, das Keremet-Äpke erst beleckte, dass es zischte, und dann der Alten gegen die Beine in den seidenen Pumphosen legte.

»Füttere neunundneunzig Tage den schwarzen Schraubenziegenbock und schlachte ihn an einem

Dienstag*«, befahl sie. »Das warme Blut schmier dir um die Beine, und du wirst hüpfen wie eine zweijährige Gazelle!«

Leider gab es keinen schwarzen Schraubenziegenbock in ihrer Herde, also fuhr der Großvater am nächsten Markttag zum Viehhof in die Bezirksstadt, von wo er tatsächlich mit einem Bock an der Leine wiederkam. Aber das war kein gewöhnlicher Bock, sondern der Gehörnte leibhaftig! Er schlug aus und stieß zu, keiner durfte ihm zu nahe kommen; Daulet legte ihm den Strick nicht nur um den Hals, sondern sicherheitshalber auch noch um die Beine, damit er nicht die ganze Herde auf die Hörner nahm.

Der Großvater schleppte den Bock am Sonntag an, aber Großmutter Ulbarsın hatte errechnet, dass sie an einem Freitag mit dem Füttern beginnen musste, sollte der neunundneunzigste Tag auf einen Dienstag fallen. Am nächsten Freitag erhob sie sich aus eigener Kraft von ihrem Lager, das sie so ziemlich den ganzen Herbst nicht verlassen hatte, kämpfte sich in Trippelschritten erst zum Heuschober, dann zur Hürde, wo der Teufel angebunden war, und warf ihm einen Armvoll Heu vor. Das tat sie von nun an zweimal täglich – und ging von Tag zu Tag sicherer, auf immer kräftigeren Beinen.

Der Bock wurde fett, die Großmutter gesund, man konnte die Knoten an ihren Beinen schwinden sehen. Am Abend vor dem anberaumten Dienstag, nachdem der Teufel gefüttert war, mit dem sie inzwischen auf vertrautem Fuß stand und lange Gespräche führte, ging die Großmutter flotten Schrittes ins Haus zurück und hielt mit dem Großvater Rat: »Daulet, was denkst du, sollen wir den Bock morgen wirklich schlachten?« – »Nege suraysyn?« – was fragst du? – wunderte sich der Großvater. »Ach, ich meine nur … Bin ja wieder auf den Beinen, und an das Tier hab ich mich irgendwie gewöhnt …« – »Lass uns die Sache überschlafen«, meinte der Großvater. »Ich muss 5:27 am Gleis sein!«

Am folgenden Tag wurde der Bock geschlachtet, dem leisen Murren der Großmutter zum Trotz. So können wir außer deinen auch Erjans Beine einschmieren, hieß es, wer weiß, vielleicht hilft es. Shaken und Großvater Daulet gingen den Bock fesseln, und die Großmutter nahm Platz auf der Bank vor dem Haus und machte sich bereit für die Prozedur. Aus etwas Abstand verfolgte auch Erjan, weniger von Hoffnung erfüllt als von der Neugier getrieben, das Geschehen.

Kaum aber hatte Shaken dem Bock den Strick vom Hals genommen, um das Tier auf die Seite zu werfen, da bäumte sich der von guter Kost gekräftigte Bock unter seinen Händen schnaubend auf, warf seinen Herrn mit einem Ruck beiseite und preschte aus der Hürde, gerade in Richtung der Großmutter. Flog auf sie zu, wie Kinder in Todesangst in die Arme der Mutter fliehen, ein gezähmter Adler auf des Falkners Arm, ein Fuchswelpe in seine Höhle …

In vollem Lauf stieß der wohlgenährte, schraubenhörnige Teufel in die Großmutter hinein und durchbohrte sie zu Tode.

Er wurde noch am selben Tag geschlachtet – nicht wie vorgesehen zur Heilung der alten Ulbarsın, sondern für ihre Totenfeier.

In der Aufregung um den plötzlichen Tod der Großmutter vergaßen sie natürlich, Erjan die Beine mit dem warmen Blut einzuschmieren, er blieb also verhext. Er war es gewohnt … Aber der Großvater – er hatte die Arme bis zu den Ellbogen im Blut des gehörnten Teufels gehabt – lag am dritten Tag nach dem Tod der Großmutter plötzlich flach. »Keine Kraft mehr!«, sprach er zu Shaken und Erjan mit verzagter Stimme; also ging von nun an Shaken mit dem Jungen ans Gleis, die Weiche zu kontrollieren oder sie umzustellen, wenn ein Anruf kam und ein Zug aufs Nebengleis zu rangieren war. Erjan hörte, wie Shaken den Dispatcher regelmäßig über den Gesundheitszustand des Großvaters in Kenntnis setzte und einen Ersatzmann anforderte.

Aber noch starb der Großvater nicht. Nach zweimal neun Tagen erhob er sich und war gesund und munter, ging selbst ans Grab seiner Alten, die Patiha* zu sprechen. Da war Shaken bereits wieder zum Dienst gefahren, und Erjan saß am Telefon für den Fall, dass der Dispatcher anrief.

Als Nächste starb Sholpan-Sheshe. Es geschah im zeitigen Frühling. Ob ihr der im Haus verbrachte Winter zu lang und öde gewesen war oder sie ihre alte Freundin Ulbarsın so arg vermisste –

kaum dass der Schnee getaut und der Boden nur halbwegs abgetrocknet war, machte sie es sich zur Gewohnheit, längs der Eisenbahnstrecke in beiden Richtungen ausgiebig spazieren zu gehen. War Aysulu zu Hause, ging sie mit, tat dabei, wonach ihr der Sinn stand: pflückte Mohn, um sich daraus einen Kranz zu flechten, oder grub Schneeglöckchen aus, die aus dem weichen Klumpen Lehm in ihrer Hand hervorragten wie weiß-gelbe Kerzen.

An dem Tag war Aysulu jedoch in der Schule, Shaken-Köke im Dienst, Bayshishek und Qanyshat wuschen die Wäsche, die sich den Winter über angesammelt hatte, der Großvater schlief, nachdem er am Morgen einen schweren Güterzug auf das Nebengleis geleitet hatte, der dort nun schon über zwei Stunden herumstand, und Erjan saß am Diensttelefon und lauerte darauf, dass dieser dämliche Sonderzug durchkam und der Großvater Anweisung erhielt, die Weiche für die Ausfahrt des Güterzugs zu stellen. Darum ging die alte Sholpan an diesem sonnigen Morgen allein spazieren. Der Mohn schlug ihr um die Waden, doch sie ging unbeirrt, im schwarzen Kamisol und dem weiten grünen Kleid, schlank und aufrecht wie eine Pappel, die Hände auf dem Rücken übereinandergelegt. »Da sieht man, woher Aysulu ihre Schönheit hat!«, durchfuhr es Erjan bitter, als er sie vor dem Fenster vorbeihuschen sah.

Und dann geschah es: Der schwarze Hahn, nachdem er die Hühner am Morgen zur Genüge getreten hatte, war ihr nachgelaufen in der Annahme, sie wäre herausgekommen, um ihn zu füttern.

Nichtsahnend lief die Alte die Gleise entlang und sah plötzlich zu ihren Füßen ein Stück Fladen liegen, das wohl irgendein Käpir* aus dem Zugfenster geworfen hatte – echte Sarten warfen kein Brot weg. Sholpan bückte sich und hob den Brocken auf, küsste ihn dreimal und schleuderte ihn unter den stehenden Güterzug, dann konnten die Vögel ihn aufpicken, wenn der Zug weg war. Der Hahn sah das, stob unter den Waggon und mit dem aufgeweichten Fladenbrot nach drüben, auf die andere Seite des Gleises. Damit hatte die Alte nicht gerechnet, sie ließ sonst nie ihr Geflügel in die Nähe der Eisenbahn. Erst spähte sie unter den stehenden Zug, dann kroch sie ächzend darunter, um den Hahn zurückzuscheuchen, aber der war so hingerissen von seiner Beute, dass er nur den Kopf schüttelte. »Sitz nicht da wie eine alte Glucke mit einem Küken unterm Flügel!«, fauchte die Alte, kroch drüben hervor auf das Gleisbett. Doch genau in dem Moment kam pfeifend der Sonderschnellzug angebraust. Zwar wäre der Abstand zwischen den Gleisen ausreichend groß gewesen, um mit heiler Haut davonzukommen, doch Sholpans weites grünes Kleid bauschte sich vom Fahrtwind auf, der Saum verfing sich an einem Trittbrett und schleifte die arme alte Frau über den Schotter, bis der Satin in blutrote Fetzen gerissen war …

So seltsam das war: Erst nach dem Tod der beiden Alten begann Erjan seine Familienmitglieder als Einzelne wahrzunehmen. Bis dahin waren sie ihm wie ein unteilbares Ganzes erschienen: Wenn Sholpan-Sheshe schimpfte, klatschte Großmutter Ulbarsın dazu in die Hände, wenn seine Mutter Qanyshat den Teig knetete, formte Bayshishek-Kelin die Fladen. Und plötzlich fiel alles auseinander. Nach dem Tod Sholpan-Sheshes, die neben ihrem Mann Nurpeyis und Großmutter Ulbarsın beigesetzt wurde, begann Bayshishek, die Städtische, ihren Shaken ganz unumwunden zu beknien, er möge mit ihr in die Stadt ziehen. Ihn habe doch nur die Mutter hier gehalten, barmte sie, und die sei jetzt unter der Erde. Was hatten sie hier noch verloren an dieser gottverlassenen Bahnstation? Shaken bog das Gespräch jedes Mal ab: Wenn ich vom nächsten Dienst wiederkomme, setzen wir uns hin und reden, oder: Lass uns erst noch den ersten Todestag der Mutter abwarten, dann klären wir das. Aber wie Aysulu sagte, ließ Bayshishek nicht locker in dieser Sache. Erjan begriff, dass einzig die alten Frauen, Sholpan und Ulbarsın, die beiden Familien zusammengehalten hatten. Seine Mutter Qanyshat betrat das Nachbarhaus überhaupt nicht mehr.

Dies war nun der Moment, da Erjan sich endlich mit seiner Mutter zu beschäftigen anfing. Bislang war sie stets wie ein Schatten für ihn gewesen, anwesend und abwesend in einem; aufgezogen hatte ihn die ganze Familie, am ehesten aber der Großvater und die beiden alten Frauen. Mit deren Tod war der Großvater kleinlaut geworden. Und erst jetzt fiel Erjan auf, dass die Mutter praktisch ununterbrochen arbeitete: Zum Beispiel scherte sie ein Ziegenfell, bespritzte es mit warmem Wasser, rollte es zusammen und legte es an den Ofen. Dort sollte es quellen, damit die Haarwurzeln austraten. Derweil begann die Mutter aus der eben geschorenen Wolle einen Faden zu spinnen. War sie damit zurande, rührte sie Teig ein und knetete. Lag der Teig eingeschlagen auf dem Tisch, schleppte sie die zuvor gemolkene Milch herbei, goss einen Teil davon in einen Topf, damit sich bis zum Morgen Sahne bildete, einen anderen Teil setzte sie mit Sauermilch an. Anschließend nahm sie die Ziegenlederrolle her und begann sie abzuschaben, danach wurde die Haut über dem Feuer getrocknet, dann in Sauermilch gelegt, dort weichte sie ein paar Tage. Am Abend flickte Qanyshat schadhafte Kleidung, kochte Brotsuppe, bezog das Bett – kurzum: Sie schuftete von früh bis abends, ohne Rast.

Und während Erjan damals überhaupt nichts tat, seine Zeit nur totschlug, schien sich die Mutter ihre durch unaufhörliche Arbeit aus dem Leib zu schinden.

Lag es an der Unrast der Mutter oder an der Trauer ob der bevorstehenden Abwanderung von Shakens Familie, mehr noch an Aysulus aufblühender Schönheit: Eines Tages im Vorsommer, als keiner in der Nähe war, griff Erjan erstmals wieder zur Geige – und konnte sie von da an nicht mehr aus der Hand legen. All die in seinem schmächtigen Körper eingezwängte Schwermut versuchte er in die Musik auszuleiten, doch der Strom hörte nicht auf, die Musik konnte ihn nicht fassen. Shaken, der just vom Dienst heimkehrte und Erjan musizierend antraf, freute sich und wusste kundzutun, Petko sei zurück, er habe ihn in der Stadt gesehen, worauf sich Erjan fest vornahm, gleich am nächsten Tag zu ihm zu reiten. Doch am nächsten Tag hatte der Großvater irgendeine Besorgung zu machen und hieß Erjan am Telefon Wache halten, am übernächsten brauchte Shaken das Pferd, um zur Schule zu reiten und sich nach Aysulus Prüfungen zu erkundigen, kurzum: Nach ein paar Tagen war es Erjan leid, auf Aygır zu warten, er setzte sich auf seinen Esel und trippelte mit ihm davon in Richtung Bautrupp. Die Geige hing ihm über der Schulter wie ein Gewehr, und obwohl sein morgendlicher Schatten, der ihm voraustrippelte, immer kürzer wurde, fühlte er sich in diesen Minuten schon beinahe wieder wie ein Cowboy und sang, zumindest im Stillen:

While the men keep on dying
And the women keep on crying
The war keeps on and on …

Nach einer guten Stunde – gerade hatte er jenes einsam wie ein Balbal* in der Steppe stehende schwanenhafte Betonungetüm erreicht und beschlossen, in seinem Schatten zu rasten – begann der Himmel sich zu verdunkeln, und das so vehement, dass Erjan zuerst meinte, vom grellen Sonnenlicht müssten seine Augen Schaden genommen haben. Es hatte etwas von einer rasend schnell anrückenden Wolkenfront: Ein Wüstensturm, stand zu vermuten, nur nicht gelb und stäubend, wie es sich gehörte, sondern vollkommen schwarz. Und mitten in alledem prangte eine Sonne und verstrahlte ein äußerst sonderbares Licht. Umgehend kam die Angst, die ihm beständig in den Kniekehlen saß, wieder ins Sonnengeflecht gesprungen und verkrallte sich dort: Er war allein in all der schwarzen Welt, vom jämmerlich blökenden Esel abgesehen, und auch der war kaum mehr zu hören, verschluckt vom Heulen und Tosen des Windes. Die Erde fing an zu beben, Donner grollten. Vom Wind getragen, rasten brennende Steppenroller wie Feuerräder vorüber, und plötzlich blitzte am Himmel eine zweite Sonne auf. Nicht der Verstand, der pure Instinkt war es, der Erjan dazu brachte, sich in die Grube am Fuß des Betonriesen zu werfen, sein Esel plumpste neben ihn. Er hörte die Geige knirschen, einen letzten kreischenden Ton von sich geben, dann ging ein wütender, ohrenbetäubender Wirbelsturm über sie hinweg, der die Erdoberfläche abzurasieren schien, und um sie war nichts als aschgraues Licht …

Danach fiel ein heißer, blinder Regen.

Erjan am Boden der Grube wälzte sich in Schlamm, Blut und Tränen. Dem Esel an seiner Seite fielen die Haare vom Leib.

Tatsächlich setzten sie ihren Weg noch bis zu der Stelle fort, wo der Bautrupp gewesen war. Nichts war davon übrig als zwei aufgerissene, angeschmolzene Traktoren und ein paar verwehte, verkohlte Wagentrümmer.

Irgendwo heulte ein sterbender Wolf.

Das Erste, was Erjan sah, als er zurück zur heimatlichen Bahnstation kam, war Qaptı. Auch er vollkommen kahl. Und überall zwischen Bahnstrecke und Haus war binnen eines Tages hohes, dichtes Gras gewachsen.

Gras, ja … Er aber wuchs nicht.

Ich ließ den Gedanken abreißen. Die Nacht draußen war so finster, dass die Angst des jungen Mannes, der da selig über mir auf der Pritsche lag und schlief, nachzuempfinden auf einmal ganz leicht war, mehr noch: Sie war plötzlich auch in mir. Woher kam sie? Das Gefühl von etwas Unausweichlichem, das vielleicht schon hinter der nächsten Biegung lauerte, steckte mir kalt im Bauch, und ich wusste nichts Besseres, als mich zur Wand zu drehen, das Gesicht ins pralle Kissen zu vergraben und krampfhaft nach einem tröstlichen Gedanken zu suchen …

Mit einem Mal fühlte sich Erjan im Geiste als alter Mann. Die schöne Aysulu, die ihren Vater um einen Kopf überragte, konnte er schon ohne alle Bitterkeit betrachten, sich einfach nur an ihrer Schönheit erfreuen. Und dass sie weiterhin so tat, als wäre nichts mit ihm und ihr geschehen, kränkte ihn nicht mehr, er fand es gut.

Anscheinend bringen die Menschen verschieden lange damit zu, ihr Leben aufzubrauchen, so dachte er. Nahm man zum Beispiel Großvater Daulet – der war an die Achtzig und endgültig allen verlustig gegangen, was er besessen hatte: Frau, Sohn und Tochter, Enkel, den Freund und nun noch dessen Familie. Oder Erjans Mutter Qanyshat – auch sie hatte bereits alles verloren: ihre Jungfräulichkeit, einen möglichen Mann, das Glück, Vater, Bruder, Mutter, Sohn … Warum sollte es bei ihm, Erjan, anders sein? Es war einfach noch schneller gegangen. Vielleicht hatte er alles, was dem Menschen beschieden ist, in einem Müshel*, zwölf kurzen Jahren, hinter sich gebracht: die Wärme der Kindheit, Liebesglück, eitle Hoffnung und bittere Enttäuschung, Seelenmusik, Vergehensangst – alles schon durchlebt. Und war nun all dessen ledig, so wie die Mutter, der Großvater auch. Ob das der eigentliche Sinn des Lebens war?

Wie gewonnen, so zerronnen …

Käride kön joq,
Jasta min joq,
Qor bop tiri jürgenshe,
Kirip qana keter em
Qazuli türġan kör joq.

Alter ist würdelos,
Jugend ist grenzenlos.
Wie nur verlass ich dies elende Leben?
Arznei geht ein und aus im Blut,
das Grab ist erst noch auszuheben …

Und doch konnte ihn das wenig trösten. Warum musste das alles gerade ihm geschehen? Wofür? Dafür, dass er für sein Alter zu viel Talent hatte? Hatte Petko seinen mysteriösen Wolf Wolfgang dazu bewogen, Erjans Seele über Wolfspfade zu entführen und nur die Hülle, den für alle Zeit kindlichen Körper, zurückzulassen? Oder hatte die Fuchsmutter, vor ihrer eigenen Haustür gedemütigt, der Nachkommenschaft beraubt, sich an ihm gerächt mit einem Fluch? Oder war dies alles nur ein Abklatsch dessen, was seiner eigenen Mutter, der erniedrigten und beleidigten, widerfahren war? Hatten Großvaters Dombıra und seine Gesänge den Jungen verzaubert, ihm Qaltarys auf Qaltarys vorgegaukelt, bis hin zum Ulu Qaltarys, der Großen Wende, die die Zeit gegen ihren Lauf, wider die Natur kehrte? Oder war Shakens Kettenreaktion, mit der er Amerika in dieser gottverlassenen Steppe einholen und überrunden wollte, versehentlich nicht im Reaktor, sondern im Körper eines Jungen abgelaufen, und er war als Zwergstern aus der Explosion hervorgegangen? Hatten die Großmütter ihn verhext mit dem rotznäsigen Geser, der abwechselnd mit seinem Onkel Kepek Chotoñ, der ganzen Welt und sich selber Krieg führte? Oder … Aysulu?

Prompt tauchte ihr helles Antlitz aus dem hervorgebrochenen Gras, seine Aysulu, die mit diesem Gras um die Wette zu wachsen schien – und es hatte etwas Erschreckendes, etwas wie das Klirren von Stein auf Glas …

Eines sehr frühen Morgens – die Steppe noch so kühl und fahl wie der eben erst grauende Himmel – klickte ein Steinchen gegen eine Scheibe.

Schlagartig war Erjan hellwach. Die letzten Tage hatten ihn außerordentlich hellhörig gemacht, und es war klar: Das Kieselchen war gegen Mutters Fenster nebenan geflogen. Ein feiner, scharfer Laut, vielleicht hatte das Glas einen winzigen Kratzer davongetragen. Erjan hatte mehrere Tage durchgeschlafen; ohne sich zu entkleiden, war er aufs Bett gefallen und unter der Last der Gedanken in bleiernen Schlaf gesunken. Jetzt richtete er sich auf und sah arglos aus dem Fenster. Draußen stand Shaken, der wohl eben vom Dienst heimkehrte – in seiner Hand der übliche Koffer, anscheinend war er noch nicht drüben bei sich gewesen. Ohne etwas zu denken oder zu fühlen, aus reiner Neugier, riss Erjan das Fenster auf, schob den Kopf hinaus. Unübersehbar war, wie Shaken erschrak, der Koffer rutschte ihm aus der Hand; doch im nächsten Augenblick hatte er sich gefasst und winkte Erjan mit einer Geste, als hätte er zu ihm gewollt und sich im Fenster geirrt. »Schau, was ich für dich habe!« rief er, bückte sich nach dem Koffer, wühlte darin und zog eine Zeitung hervor. Blätterte sie auf und reichte sie durchs Fenster. »Lies!«

Gehorsam begann Erjan zu lesen:

> *Im Juni erreichte uns aus der DDR eine traurige Nachricht. Infolge eines Unfalls verstarb in Berlin der bekannte amerikanische Sänger und Schauspieler Dean Reed. Wie häufig in solchen Fällen hat die Meldung im Westen einen Schwall übler Nachrede hervorgerufen. Reaktionäre Zeitungen spekulierten auf provozierende Weise über die Todesursache, demzufolge der Sänger »terroristischen Aktivitäten von Geheimdiensten in der kommunistischen DDR« zum Opfer gefallen sei.*
> *Ein Anruf bei der Witwe des amerikanischen Sängers in Berlin, Renate Blume, sorgte für Klarheit. »Alle Mutmaßungen über einen gewaltsamen Tod meines Mannes sind üble Verleumdungen«, sagte Renate uns am Telefon. »Solche Fantasien trüben das Andenken an Dean und fügen mir und meiner Tochter großen Schmerz zu. Mein Mann ist ertrunken. Man fand ihn tot in einem See. In letzter Zeit hatte sich sein Gesundheitszustand verschlechtert, er hatte ein krankes Herz. Was Spekulationen angeht, er habe sich mit dem Gedanken getragen, in die USA zurückzukehren – auch das ist eine krasse Lüge. Nichts dergleichen hatte er vor. Er plante einen neuen Film. Und er hat unsere Tochter sehr geliebt. Spekulationen um den Tod meines Mannes*

anzustellen halte ich für äußerst scheinheilig und niederträchtig. Ich kann nur hoffen, dass Sie diese meine Äußerung präzise wiedergeben.

Noch etwas also war Erjan genommen. Shaken-Köke stand vor dem Fenster und sah ihm ins Gesicht. Warum schleppte er aus seiner Stadt diese Zeitung an? Warum hatte er damals den Fernseher angeschleppt, in dem sie Dean Reed einmal den roten Elvis genannt hatten? Dabei hatte Erjan gar keinen Elvis gekannt – bis sie ihn irgendwann zeigten und er sehen musste, dass Dean Reed nur eine Nachahmung war. Aber selbst die hatte Shaken ihm jetzt gestohlen. So wie zuvor sein Wachstum, seine Zukunft, seine Liebe. Nun stahl er ihm anscheinend auch noch die Mutter …

Shaken brummte etwas, nahm den Koffer und ging hinüber in sein Haus.

Aber Moment: Was, wenn er seine Mutter Qanyshat wirklich liebte? Und das womöglich schon immer? Hatte der Großvater nicht öfter die Schnurre erzählt, wie Shaken eines Nachts von der Schicht gekommen sei und in Qanyshats Fenster habe klettern wollen? Besoffen natürlich, was will man erwarten! Aber auch Erjan hatte ihn heute nicht zum ersten Mal vor dem Fenster seiner Mutter erwischt …

Darum also hatte er es nicht eilig, mit seiner Frau Bayshishek in die Stadt zu ziehen, wie sie es sich ersehnte.

Plötzlich hatte Erjan eine Eingebung. Sah Shaken vor sich, wie er damals in der Zone, noch vor dem Toten See, auf dem Versuchsgelände, wo er seinem Amerika nachjagte, zwischen den Schülern in Gasmasken herumtappte – im Schutzanzug. Wie einer von einem anderen Stern! Und hatte nicht Großmutter Ulbarsın von so einem gesprochen, als sie Erjans wundersame Zeugung am Rand der Zone, im Tal des trockenen Flusses in Erinnerung rief?

Aber dann war Shaken-Köke am Ende womöglich … sein Köke? Sein Vater?!

Erjan stürzte ins Nachbarzimmer. Die Mutter saß auf dem Fensterstock, untätig, wie man sie nie gesehen, starrte halb abgewandt aus dem Fenster, dahin, wo Shaken verschwunden war. »Sen onı süyesenba?« – liebst du ihn? –, stöhnte er seine heillose Wut und Bestürzung hervor. Die Mutter drehte sich nicht zu ihrem Sohn herum, fuhr wie abwesend mit dem Finger über die Scheibe. »Ol seni süyediba?« – liebt er dich? –, stammelte Erjan hilflos und wusste nicht, was zu tun war. Die Mutter band schweigend ihr Kopftuch auf, zog ihr Haar straff, band das Tuch wieder um, betrachtete ihr Spiegelbild in der Scheibe. »Ol senin jubayıñba?« – ist er dein Mann? –, setzte Erjan die Befragung mit zitternder Stimme fort. Die Mutter verschränkte die Arme vor der Brust. Eine schwere Stille hing im Raum. Auf einmal fing die nackte Glühbirne an der Decke leise zu vibrieren an, und die Angst in ihm nahm ihren üblichen Weg. Kroch die Beine herauf, verweilte kurz, kalt und schwer im Unterbauch und stieg langsam in die Kehle empor, trat auf die Lippen und kam endlich hervor, etwas zwischen Flüstern und krampfhaftem Röcheln: »Ol menin äkemba?« – ist er mein Vater?

Es vibrierte nun schon der Fußboden, das Zimmer bebte, doch die Mutter saß immer noch auf dem Fensterstock, zum ersten Mal im Leben gab es nichts zu tun für sie, sie schaute aus dem Fenster, dahin, wo der allfällige Zug daherkam, wenn nicht die allfällige Explosion.

Erjan stürmte aus dem Zimmer ins Freie. Rennen, rennen, rennen, egal wohin, in die offene Steppe, durch die Zone zum Horizont, bis ans Ende der Welt …

Der Gedanke. War Aysulu … die unbändig wachsende, wie wildes Gras unter den Fenstern sprießende … die arme, unglückliche Aysulu etwa …

In diesem Moment klappte Erjans Bewusstsein in sich zusammen wie die Füchsin nach dem Ulu Qaltarys – der letzten, der großen Wende.

Aysulu lag im städtischen Krankenhaus, wohin der Vater sie gebracht hatte; gleich anschließend war er zum Dienst beordert worden. Die ersten Tage war noch die Mutter bei ihr gewesen, jetzt war sie kurz bei ihren alten Eltern in Semei zu Besuch. Aysulu lag allein im Krankenzimmer. Starrte an die weiße Decke, sah, was es dort für sie zu sehen gab:

die Steppe. Der Weg von Qara-Shaǵan zur Schule. Der Heimweg. Auf dem Eselsrücken mit Erjan, der nicht mehr da ist. Plötzlich zuckt der Esel und schreit. Und schon presst Erjan den blutigen Kohlstrunk in seiner Faust.

Wieso steckt dieser Strunk jetzt in ihr und wächst, wächst ihr schon zur Kehle heraus?

Wieder in der Steppe. Auf dem Esel. Erjans Rücken. Wohin des Wegs? Ach ja, zur Geigenstunde. Steppe, überall Steppe. Seltene schwarze Punkte unterm Horizont, Hügelgräber. Einer bewegt sich. Ach, der Wolf. Der nämliche. Damals waren sie ihm entkommen. Nein, sie hatten ihn in die Flucht geschlagen. Und nun stellt sich heraus, er hat all die Jahre gewartet an verborgenem Ort, und jetzt ist er da, in ihr drin, nagt an Körper und Seele, dabei ist ihr Körper so lang, zu lang schon für dieses Bett.

Ach, Erjan! Wie schön hat er auf der Geige gespielt, wie schön gezeichnet, Dean Reed gesungen, wie schön sah er aus beim Baden im Toten See! Und wie er sie immer beschützte ... Wie gern wäre sie seine Frau geworden, hätte ihm Kinder geboren, ebenso begabt, ebenso kühn und ergeben ... Warum musste ihm das passieren und nicht ihr? Das heißt ... Jetzt passiert ihr etwas, in dieser Steppe an der Decke ... Wo ist Erjan? Wo ist sie? Was geschieht ihr?

Und wo kommt auf einmal Qaptı her, ihr treuer Hund? Er hat damals den Welpen totgebissen und dann, die Fuchsmutter witternd, zu winseln angefangen wie sonst nur vor der Explosion. Nun winselt er wieder. Hört nicht auf zu winseln …

Ich erwachte davon, dass jemand ans Fenster klopfte. Ein grauer Steppenmorgen. Wir hielten an einer kleinen Station. Draußen stand eine auffällig groß gewachsene Kasachin und schwenkte etwas, das in Zeitungspapier eingewickelt war. Über mir baumelten Erjans kurze Beine, er saß und sah aus dem Fenster. Wie freute ich mich, ihn lebend und unversehrt wiederzusehen! Ich hatte Mühe, das, was er mir tagsüber von sich erzählt hatte, mit dem überein zu bringen, was mir in dieser alptraumhaften Nacht dazu eingefallen war. Vermutlich hatte ich mich wie die Füchsin in der offenen Steppe verirrt und festgerannt: Wo war jetzt das, was er erlebt, und wo das, was ich fantasiert hatte?

Da saß er über mir: ein Junge von siebenundzwanzig Jahren, gefangen im Körper eines Zwölfjährigen. Was hatte das alles zu bedeuten? War da eine Zeit, eine ganze Epoche in ihm erstarrt, um sich mir unversehens zu zeigen? War er das Bindeglied zweier Welten – einer Welt der Körper und einer Welt der Schatten, so wie Puer aeternus, das Ewige Kind, ein göttliches Wesen – Geser oder Eros, vom Himmel verführt? Was will er uns sagen, dieser kleine Mann aus einem großen Land, das nicht mehr da ist?

In meiner frühmorgendlichen Verlorenheit empfand ich mich schon selbst als jenen Strohhalm und den Zug als Strom, der mich durch die Steppe trug. Wohin – inmitten all dieser Leute, ihren Erzählungen, ihren Ängsten und Hoffnungen, ihrer unausgesprochenen Leben – ging die Reise? Welcher Tote See wartete an ihrem Ende – während ich immer noch bemüht war, das, was in mir vorging, von dem zu unterscheiden, was sich draußen tatsächlich abspielte?

Und obwohl ich ja wusste, dass das Raketentestgelände längst geschlossen war: Das von Erjan beschriebene Gefühl – die in den Kniekehlen sitzende Angst – bemächtigte sich meiner, kam in mir hoch.

Die lange Kasachin klopfte ans Fenster und fuchtelte mit ihrem Paket – frisch geräucherter Fisch oder Fladenbrot oder eine Anzahl trockener Quarkbällchen. Erjan beugte sich nach vorn, fasste mit seinen kräftigen Musikerfingern nach den beiden Schnappriegeln und zog das Fenster ein Stück nach unten: »Saǵan ne kerek?« – »Was willst du?«

Vom Knirschen des Fensters und der lauten Rede wurde auch der alte Kasache auf der unteren Pritsche munter, wälzte sich behäbig zu uns herum. Erjan warf ihm von oben einen schnellen Blick zu – und schrie auf: »Shaken! Shaken-Köke!« Mit diesem Schrei fuhr er auf den Alten nieder wie der Adler auf den Fuchs.

Ich bekam einen ernstlichen Schreck. Was geschah nun? Was würde er tun? Mir schwante etwas wie eine Atomexplosion: Gleich würde der Junge dem Alten an die Gurgel fahren und die Luft abdrücken, die Kräfte dazu hatte er, und es wäre das logische Finale dieser musikalischen Kakophonie. Doch während ich noch an dieser Aussicht zu schlucken hatte, lagen meine Reisegefährten sich schon in den Armen. Der Alte weinte stumme Tränen, die Kasachin draußen stand wie erstarrt, begriff nicht, was vorging, und ich war ja auch nicht viel klüger. Nur dass ich eine große Erleichterung empfand – die mich erfüllte wie das Azurblau den Himmel über der Steppe …

Eine Stunde später hielt unser Zug dem Anschein nach auf freier Strecke, an einer winzigen Bahnstation. Daraus, wie Erjan und Shaken (die sich die ganze Zeit in einem hitzigen Kasachisch unterhalten hatten, aus dem nur der Name Aysulu immer wieder hervorsprang wie ein Stöhnen) es auf einmal eilig hatten, sich von mir zu verabschieden, hektisch mit all ihrer Habe, die Geige geschultert, aus dem Zug sprangen, durfte ich schließen, dass die Station den Namen Qara-Shaǵan trug. Ich spähte aus dem Fenster. Zwei verfallene Eisenbahnerhäuser schienen die Vermutung zu bestätigen. Keinerlei Lebenszeichen zu entdecken: weder Hühner, die unter die abseitsstehende Ulme flüchteten, noch irgendein Alter mit Stellwärterflagge; kein Heuschober für den Winter, nirgends ein

Kuhfladen auf dem harten Steppenboden. Nur die zwei Silhouetten nun – der gebeugte Greis und der zappelige Jugendliche –, die, an den aufgegebenen Häusern vorbei, sich in die Steppe hinein bewegten, wo im lila Dunst der aufgehenden Sonne, die einer erstarrten Eruption glich, ein halbes Dutzend Gräber zu erkennen waren.

Und das war alles.

Anmerkungen

Soweit nicht anders vermerkt, sind alle in Anmerkungen angeführten Übersetzungen aus dem Kasachischen.

Verwandtschaftsbezeichnungen im Kasachischen

Aqa, Ake, Ata – Vater, Onkel, älterer Bruder, älterer Kollege, Respektsperson
Jeñge – Schwägerin oder Frau eines anderen Verwandten
Jiyen – Neffe oder Nichte
Kelin – Braut, Schwiegertochter, aber auch von anderen Familienmitgliedern so angesprochen
Köke – Vater, Onkel, älterer Bruder
Naǵashı – Verwandter von Mutterseite
Sheshe – Mutter, Tante, ältere Frau

S. 13 *Temirjol* – Eisenbahn.
S. 15 *Täñgir* – Gott.
S. 20 *Ulım* – mein Sohn.
Shaytan Köpir – Teufelsbrücke.
Sona – (russ.) Zone.
S. 22 *Shoshaq* – Penis eines Kindes.
S. 24 *seine Dombıra von rechts auf links umzustimmen* – gemeint: von der Quarte auf die Quinte.
S. 25 *Aqsaqal* – »Weißer Bart« – Dorfältester oder sonstige Autorität.
S. 27 *talanı* – aus der Steppe; gemeint ist: *talant* (russ.) – Talent.
S. 28 *Kökte biy zaǵip* – Im Himmel der Tanz des Blinden; gemeint ist: *Kak tebja sowut?* (russ.) – Wie heißt du? *Atım Erjan* – Ich heiße Erjan.
S. 29 *Semei* – d. i. (russ.) Semipalatinsk.
S. 31 *Aqır zaman* – wörtlich: Ende der Zeiten. In der kasachischen Dichtung des 19. Jh. die ausweglos erscheinende Lage wegen der zunehmen-

den Abhängigkeit von Russland.

S. 34 *Toligon* – Gemeint ist *poligon*, die sowjetische Bezeichnung für ein militärisches Sperrgebiet, Versuchsgelände.

Quday – Gott.

Jigit – Mann, Dschigit, berittener Krieger.

Shaken-Bayeke – ehrenvolle Anrede, abgeleitet von *Bay* (wie im Türk.), hier spaßig gemeint.

S. 36 *Qarashı, qaz!* – Sieh mal, die Gans!

S. 38 *Albastı* – Dämonin bei verschiedenen Turkvölkern Mittelasiens.

S. 42 *Oj! Strach!* – (russ.) Huch! Das ist ja zum Fürchten!

S. 45 *Tugai* – (kasach.-tatar.) Flussauen.

S. 49 *Besbarmaq* – Fleisch mit Brühe und Nudeln.

Ishek-Qarın – Suppe aus Innereien.

S. 52 *Strela* – sowjetisches Fabrikat.

S. 53 *Lendık Qoǵam* – (kasach.-russ.) ungefähr: Flachsgesellschaft. Gemeint ist Leonid Kogan, jüdisch-ukrainischer Violinist (1924–1982).

Dinrit – Gemeint ist Dean Reed (1938–1986), US-amerikanischer Schauspieler und Sänger, in der Sowjetunion populär.

Hayuan äkelü … – Bring die Bestie her! – aber eigentlich: *Hava Nagila* (hebr.: Lasst uns glücklich sein) – populäres hebräisches Volkslied.

Ulu aǵam balasın-ey … – Großer Bruder, was bist du für ein Kind! – aber eigentlich: *Uru achim! B'lev sameach!* (hebr.: Erwachet, Brüder, mit einem glücklichen Herzen!) – aus demselben Lied.

S. 55 *im ersten zum Schützengräben Ausheben* – Ein Zarenerlass von 1916 ließ die nichtrussische Bevölkerung des Reiches ihrer »Unzuverlässigkeit« wegen nicht für den Waffendienst zu.

S. 56 *Jashud baylıp jeyürikova …* – kasachisch tönender Kauderwelsch, darin z. B. *buzgan zemli* (kasach./russ.): zerstörte Erde – aber eigentlich: *Joshua fit the battle of Jericho … and the walls come tumbling down …*

S. 57 *Vorwärts die Zeit!* – Zeile aus Majakowskis *Marsch der Zeit.*

S. 58 *Shu-u yanı sıktım, sıktım …* – in Wirklichkeit: *We gotta keep searchin', searchin', find a place to hide, she'll be by my side, follow the sun …*

Rowesnik – Jugendzeitschrift.

Krugosor – Illustrierte mit populär-kulturellen Themen, beide russischsprachig.

S. 58 *Wunderkind!* – dt. i. O.

buldur kimdir – der gewisse Jemand.

S. 62 *Qurmanǵazı* – Saǵırbay-ulı Qurmanǵazı (1818–1896), kasachischer Komponist.

S. 65 *Sesheñdi amına sigeyin!* – F... deine Mutter bis zum Amen!

Ölip Ketpeysinba! Hayuan! Saǵan ne dedim? – Verrecken sollst du! Scheusal! Was hab' ich dir gesagt?

S. 66 *Tezek* – getrocknete Dungfladen.

Sarten – historische Bezeichnung für städtische Mittelasiaten.

Urussen – Russen.

S. 67 *wenn man keinen Teer hatte* – Teer und Bitumen waren in der Sowjetzeit ein gängiger Kaugummi-Ersatz unter Kindern.

S. 86 *Abai* – Abai Qunanbay-ulı (1845–1904), kasachischer Nationaldichter.

S. 89 *Dean Reeds »Komm mit uns«* – Gemeint ist das spanisch gesungene *Vete Con El.* Fremdsprachige Titel waren auf sowjetischen Plattenhüllen immer nur in Übersetzung angegeben.

S. 90 *Mahambet* – Gemeint ist Muhammad.

Jin urdı! – Ein Dschinn ist in dich gefahren!

Apkelshi! – Her damit!

S. 94 *Aysulu* – wörtlich: die Mondschöne.

S. 120 *Sonday! ... sesheñdi* – So! ... deine Mutter! (Fluch).

Qudayı – Totenfeier mit Tieropfer.

S. 122 *Dienstag* – im alten Glauben ein Glückstag, wie die 99 eine Glückszahl ist.

S. 124 *Patiha* – Segen, Geleit.

S. 126 *Käpir* – Ungläubiger.

S. 129 *Balbal* – frühgeschichtliche Steinfigur.

S. 132 *Müshel* – zwölfjähriger Tierkreiszyklus.

Transkription und Aussprache

Russische Begriffe und Eigennamen sind nach dem Duden transkribiert, kasachische folgen im Wesentlichen einer latinisierten Rechtschreibung, die in Kasachstan seit Februar 2018 eingeführt wird. Die wichtigsten vom Deutschen abweichenden Zeichen und ihre Aussprache:

ı [ı] kurzes *i*, am hinteren Gaumen artikuliert, wie in türk. *kiz* (Mädchen)
j [sch] stimmhaft wie in *Genie*
ǵ [gj] am hinteren Gaumen artikuliert
q [kj] am hinteren Gaumen artikuliert
ñ [ng] wie in *Ring*
sh [sch] stimmlos wie deutsches *sch*
v [w] wie in *Vase*
y [j] wie in *ja*
z [s] stimmhaft wie in *Sahne*

Hamid Ismailov, 1954 geboren in Tokmok im Norden Kirgisistans, an der Grenze zu Kasachstan. Nach dem Tod seiner Mutter wuchs er bei seiner usbekischen Großmutter in Taschkent auf, wo er auch die Militärschule und ein Studium absolvierte, bevor er nach Moskau zog. Seit 1994 lebte er in London, wo er bis 2019 als Journalist für den BBC World Service arbeitete. Seine Bücher, die er auf Russisch, Usbekisch und Englisch schreibt (zuletzt die »linguistische« Novelle *Matrjoschka*), sind vielfach ausgezeichnet und in zahlreiche Sprachen übersetzt, in Usbekistan sind sie bis heute verboten. Heute lebt Hamid Ismailov in Prag.

Andreas Tretner, 1959 in Gera geboren, übersetzt aus dem Russischen, Bulgarischen und Tschechischen u. a die Bücher von Michail Schischkin, Vladimir Sorokin und Viktor Pelewin. Für seine Übersetzungen erhielt er den Paul-Celan-Preis und den Internationalen Literaturpreis des Hauses der Kulturen der Welt.

Der Übersetzer dankt **Sigrid Kleinmichel**, Berlin, für die sorgfältige sprachliche und fachliche Expertise zum Kasachischen.

Wunderkind Erjan erscheint im Verlag der Friedenauer Presse, gegründet 1963 in der Wolff 's Bücherei im Berliner Stadtteil Friedenau, dem sie ihren Namen verdankt. Der Verleger Andreas Wolff, Enkel des Petersburger Verlegers M. O. Wolff, veröffentlichte bis 1971 in loser Folge 36 Drucke. Von 1983 bis 2017 wurde der Verlag von Katharina Wagenbach-Wolff geführt, seit 2020 ist die Friedenauer Presse ein Imprint des Verlags Matthes & Seitz Berlin.

Erste Auflage Berlin 2022

Gestaltet und gesetzt von ciconia ciconia, Berlin.
Verwendet wurde die Vollkorn.
Die Herstellung besorgte Hermann Zanier, Berlin.
Gedruckt und gebunden von Pustet, Regensburg.

ISBN 978-3-932109-98-0

www.friedenauer-presse.de